ADAM: HEISSE KÜSSE IN SARASOTA

ZOEY WEST

KOSTENLOSER LIEBESROMAN

Melde dich unter https://zoeywest.com/start für meinen Newsletter an und du wirst nicht nur über Neuigkeiten informiert, sondern bekommst auch meinen kostenlosen Liebesroman *Aaron: Hochzeit in New Orleans*.

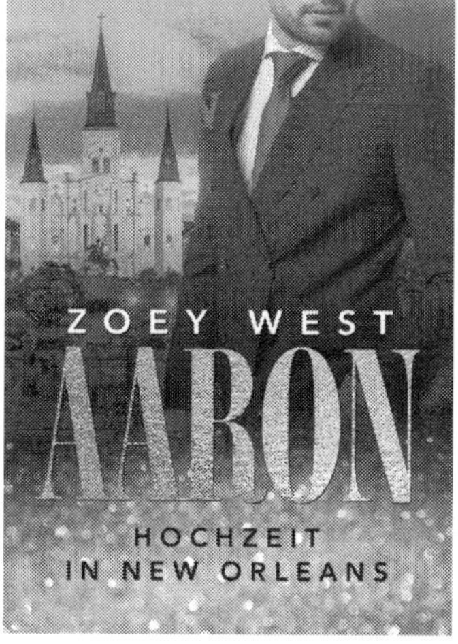

Was machst du, wenn der Mann, den du damals nicht haben konntest, eine Hochzeit mit dir planen muss?

Jules kann nicht fassen, was ihre beste Freundin von ihr verlangt. Als Brautjungfer soll sie sich wenige Tage vor der Hochzeit um die Vorbereitungen kümmern. Noch nichts ist geplant, dabei werden mehrere hundert Gäste erwartet. Damit aber nicht genug. Als Unterstützung wird ihr ausgerechnet Aaron MacLay zur Seite gestellt. Der Mann, mit dem sie eine gemeinsame Vergangenheit verbindet und den sie eigentlich nie wieder sehen wollte. Kein Wunder also, dass sie absolut genervt ist, sich ausgerechnet als seine Verlobte ausgeben zu müssen.

Aaron hält nicht viel von Hochzeiten. Dass ausgerechnet sein bester Freund nun den Bund fürs Leben eingehen will, geht ihm so richtig gegen den Strich. Aber als er dazu aufgefordert wird, mit der süßen Jules die Hochzeitsvorbereitungen zu übernehmen, nimmt er die Herausforderung gerne an. Er macht sich zwar nichts aus Blumen und Torten, aber gegen ein heißes Stelldichein mit der ersten Brautjungfer hat er nichts einzuwenden. Er kann schließlich nicht ahnen, dass diese paar Tage seine Welt auf den Kopf stellen werden.

Als sie so tun müssen, als wären sie selbst ein Paar, knistert es zwischen Jules und Aaron gewaltig.

Können sie ihre Differenzen hinter sich lassen und selbst glücklich werden?

Unter diesem Link kannst du dir dein kostenloses eBook holen: https://zoeywest.com/start

1

ADAM

Unerträglich lautes Läuten reißt mich aus meinem Schlaf. Ich brauche ein paar Sekunden, um zu begreifen, dass es sich um die Türklingel handelt. Mein Kopf pocht. Auf meiner Brust bemerke ich einen Arm und ein Blick auf die andere Bettseite zeigt mir, dass er zu meiner Eroberung von letzter Nacht gehört. Leise stöhne ich auf. Das hätte mir nicht passieren dürfen. Ich schlafe mit Frauen, nicht neben ihnen. Der letzte Drink gestern war wohl doch zu viel.

Als es erneut klingelt, erhebe ich mich vorsichtig und schlüpfe in meine Jeans, die zum Glück neben dem Bett liegen. Ich gehe gerade die Treppe nach unten, als ich höre, wie der Schlüssel ins Schloss gesteckt wird.

Dad. In diesem Moment fällt mir unser Termin

wieder ein. Wir wollten heute gemeinsam frühstücken, um die Geschäfte zu besprechen. Seine Geschäfte, von denen er will, dass ich sie so schnell wie möglich übernehme. Oder zumindest mit in das Familienunternehmen einsteige. Ich hätte gestern wirklich nicht so viel trinken dürfen. Diese Konfrontation überstehe ich in meinem Zustand nicht.

Ich überlege verzweifelt, wie ich der Situation am besten entkommen kann, als mein Vater bereits durch die Tür tritt. Er sieht wie immer tadellos aus in seinem maßgeschneiderten Anzug und den passenden Lederschuhen. Sogar seine mittlerweile grauen Haare sitzen perfekt. Mit seinen stahlblauen Augen, die ich von ihm geerbt habe, schaut er sich in meinem Wohnzimmer um. Ich folge seinem Blick und könnte mir selbst eine Ohrfeige verpassen. Alles hier schreit geradezu nach Exzess.

Nachdem die Paparazzi uns gestern in einem Klub aufgespürt hatten, blieb mir nichts anderes übrig, als die Party in mein Penthouse zu verlegen. Ich wollte weitere Negativpresse vermeiden, wobei sie vermutlich genug Bildmaterial sammeln konnten, bevor wir überhaupt bemerkten, dass sie da sind. Dementsprechend sieht es hier auch aus. Nicht nur, dass Kleidung im ganzen Raum verstreut liegt, es türmen sich die Gläser und Flaschen. Ganz zu schweigen von dem unangenehmen Geruch, einem Gemisch aus Alkohol und Schweiß, den ich selbst erst jetzt wahrnehme. Schuldbewusst fahre ich mir durch die Haare.

Hätte ich unseren Termin nicht verpennt, würde mein Dad nun nicht Zeuge meiner erneuten Eskapade werden. Wobei er vielleicht sogar schon in der Zeitung davon gelesen hat. Wie all die anderen Male, als ich durch meine Partylaune für Aufsehen gesorgt und damit nicht nur meinem Image, sondern auch dem seiner Firma geschadet habe. Nicht erst einmal musste Dad für Schadensbegrenzung sorgen.

»Dir ist hoffentlich bewusst, dass du nicht ewig so weitermachen kannst, Adam. Es wird Zeit, dass du Verantwortung übernimmst«, sagt er zu mir, als ich die letzten paar Schritte von der Treppe auf ihn zu gemacht habe.

»Dad, können wir bitte später darüber reden? Es tut mir leid, dass ich unseren Termin vergessen habe, aber wie du siehst, ist es gerade etwas unpassend. Ich komme später zu dir ins Büro.«

Mit einem Nicken und einem letzten Blick durch mein Wohnzimmer, der auf mich eher traurig als wütend wirkt, aber ich kann mich da auch irren, verabschiedet er sich von mir. Ich sehe meinem Vater nach, als er in den Fahrstuhl steigt, und stehe noch immer wie angewurzelt mitten im Raum, als sich die Türen längst geschlossen haben. Ich sollte es wirklich besser wissen. Immerhin bedeutet auch mir die Firma etwas. Sie entstand aus einer kleinen Pension, die mein Großvater in jungen Jahren übernommen hatte, und ist mittlerweile zu der größten Hotelkette unseres Landes gewachsen.

Schon als ich ein kleiner Junge war, habe ich in unserem Luxushotel in New York, meiner Heimatstadt, mit großem Vergnügen ausgeholfen. Ich habe mit den Zimmermädchen die Betten gemacht, dem Concierge dabei geholfen, die Wünsche unserer Gäste zu erfüllen, und bin sogar dem Koch beim Gemüseschneiden zur Hand gegangen. Meinem Vater war es schon immer wichtig, dass ich jeden Bereich der Hotellerie kennenlerne, auch wenn ich eines Tages die Führung übernehmen werde. Darauf haben mich ohnehin mein Studium und die Praktika in Dads Unternehmen vorbereitet.

»Adam?« Eine weibliche Stimme hallt durch die Wohnung und reißt mich aus meinen Erinnerungen. Ich löse mich aus meiner Starre und laufe die Treppe nach oben. Zeit, die Frau, an deren Namen ich mich nicht mehr erinnern kann, loszuwerden.

Als ich in meinem Schlafzimmer ankomme, rekelt sie sich nackt in meinem Bett. Ganz klar, sie hat es auf eine zweite Runde abgesehen. Die gibt es aber nicht. Nie.

»Du solltest jetzt besser gehen«, sage ich, um einen freundlichen Tonfall bemüht.

Entsetzt sieht sie mich an. »Dann war das gestern also dein Ernst?«

»Ja«, erwidere ich schlicht.

Ich bin kein Unmensch. Bevor ich die Nacht mit einer Frau verbringe, kläre ich sie über die Bedingungen auf. Ich will weder eine Beziehung noch eine langfristige Affäre. Wir können eine schöne Nacht miteinander verbringen, aber danach ist Schluss. Ich werde sie nicht anrufen und sie schon gar nicht zum Essen ausführen und ihr den Hof machen. Obwohl ich so ehrlich bin, kam es noch nie vor, dass ich eine Abfuhr bekommen habe. Manche Frauen nehmen einfach, was sie von mir bekommen können, und andere sind der Meinung, sie könnten die Eine sein, die meine Meinung ändert.

Das Exemplar, das sich bis gerade eben noch in meinem Bett gerekelt hat, dürfte zur zweiten Kategorie zählen. Etwas beschämt zieht sie die Decke über ihren schlanken Körper.

»Du kannst gerne noch das Bad benutzen. Ich möchte, dass du weißt, dass ich die Nacht mit dir sehr genossen habe«, sage ich zu ihr und bereue es schon im nächsten Moment, als ich Hoffnung in ihren Augen aufblitzen sehe. Es war ein Fehler, sie überhaupt hier übernachten zu lassen. Normalerweise spare ich mir solche Momente und bestelle den Frauen schon in der Nacht ein Taxi, das sie sicher nach Hause bringt. Blöder Alkohol.

Zaghaft lässt sie die Decke ein Stück nach unten gleiten, sodass der Ansatz ihres Pos sichtbar wird. Es sollte wohl wie ein Zufall aussehen, aber spätestens in dem Moment, als sie einen Schmollmund macht und mich fragt, ob ich ihr nicht Gesellschaft leisten möchte, wird klar, dass es pure Absicht war. Innerlich stöhne ich auf. Doch nach außen versuche ich weiterhin, freundlich zu bleiben. Sie kann nichts dafür, dass schon so viele vor ihr versucht haben, Mrs. Adam Hartman zu werden.

»Ich verzichte, danke«, lautet meine klare Absage, die ich in ein Lächeln packe, damit sie nicht allzu hart rüberkommt.

Ich kann nur hoffen, dass sie nicht zu denjenigen gehört, die mir im Anschluss an unsere gemeinsame Nacht vor dem Appartementhaus auflauern, um mich doch noch zu mehr zu überreden. Das ist leider nicht erst einmal vorgekommen.

»Du weißt nicht, was dir entgeht«, sagt sie mit anzüglicher Stimme, verschwindet dann aber endlich in meinem Badezimmer. Vermutlich erhofft sie sich, dass ich ihr folge, wovor ich mich hüten werde. Stattdessen gehe ich ins Gästezimmer, wo sich ebenfalls ein Bad befindet, und stelle mich dort unter die Dusche. Offenbar hat sie den Wink mit dem Zaunpfahl endlich verstanden, denn keine zehn Minuten danach höre ich die Eingangstür zufallen. Und tatsächlich, als ich wenig später durch meine Wohnung gehe, sind weder ihre Klamotten noch die Frau selbst zu sehen. Zufrieden ziehe ich mich an und mache mich auf den Weg zu meinem Vater. Der Unordnung wird sich meine Putzfrau annehmen müssen. Die Arme hat wirklich eine Gehaltserhöhung verdient.

2

DEMI

»Wir sehen uns am Abend, mein Kleiner. Schwimm nicht zu weit raus«, verabschiede ich mich wie jeden Tag von Henry, meinem Goldfisch, was der mit einer extra schnellen Runde durch sein Aquarium quittiert. Ich weiß schon, andere Menschen haben einen Hund oder eine Katze oder zumindest einen Hamster, mit dem sie sich unterhalten. Dafür habe ich aber viel zu wenig Zeit. Und Henry ist mir nicht böse, wenn ich ihn den ganzen Tag sich selbst überlasse. Hauptsache, er bekommt seine Portion Futter von mir. Er ist wirklich ein sehr genügsames Tier. Und ein außerordentlich guter Zuhörer. Er interessiert sich sehr für meinen Alltag und die Geschichten, die ich ihm abends von meinen Kunden erzähle.

Jetzt bin ich allerdings spät dran und kann mich hier nicht mit ihm verquatschen. Nach meiner morgendlichen Laufrunde am Strand habe ich versucht, Mr. Winter, meinen Vermieter, zu erreichen, aber er war nicht zu Hause. Was aufgrund der frühen Uhrzeit ein wenig merkwürdig ist. Doch auch darüber kann ich mir gerade keine Gedanken machen. Durch den Umweg ist mein Zeitplan etwas durcheinander gekommen und ich muss mich beeilen, rechtzeitig im Laden zu sein. Die Lieferung meines Biobauern sollte jeden Moment eintreffen. Zum Glück muss ich nur die Treppe nach unten laufen, da sich meine Wohnung im gleichen Gebäude befindet wie mein Arbeitsplatz.

»Guten Morgen, Demi«, werde ich auch schon vom Lieferanten begrüßt, als ich unten ankomme. Er hat bereits die erste Ladung aus seinem Auto geholt und ich beeile mich, die Eingangstür zu öffnen. Sofort weht mir ein angenehmer Duft nach frischen Kräutern entgegen. Als ich meinen Shop vor fast genau einem Jahr eröffnet habe, wollte ich einen Wohlfühlort erschaffen und bin der Meinung, dass mir das recht gut gelungen ist.

Die Wände habe ich in einem sanften Jadegrün gestrichen, wodurch sich die weißen Regale, in denen sich die Kräuter und ätherischen Öle befinden, wunderbar absetzen. Der Boden, der bereits vor meinem Bezug hier war, ist aus dunklem Holz, deshalb habe ich weiße Bodenleisten gewählt, um dem Raum einen besonderen Flair zu verleihen. Die Deckenhöhe von über drei Metern und die

Treppe im hinteren Bereich, die in mein kleines Büro führt, sorgen für einen Altbaucharme, den man in Port Charlotte sonst nur selten findet. Gepaart mit den hohen Fenstern, die in einen weißen Rahmen gefasst sind und jede Menge Sonnenlicht den Raum durchfluten lassen, habe ich mit diesem Laden einen wirklichen Volltreffer gelandet. Nur leider platzt er bald aus allen Nähten, weshalb ich mir vorgenommen habe, Home Depot in den nächsten Tagen einen Besuch abzustatten, um weitere Regale und vielleicht noch ein bisschen Deko zu besorgen.

»Wo soll ich denn die Kräuter hinstellen?«, reißt mich mein Lieferjunge aus den Gedanken.

»Ach, stell die Kiste einfach auf den Tresen«, antworte ich und deute auf die rechte Seite neben dem Eingang, an der ich die Kasse positioniert habe.

Ich wollte nicht, dass meine Kunden erst durch den ganzen Laden laufen müssen, um mich um Hilfe bitten zu können. Die wenigsten, die zu mir kommen, kennen sich selbst so gut mit der Wirkung der Kräuter aus, dass sie selbst entscheiden würden, was sie bei mir kaufen. Zumindest bei ihrem ersten Besuch in meinem Shop.

Nachdem alle Bestellungen ausgeladen sind, mache ich mich daran, die Kräuter in die für meinen Laden typischen Verpackungen zu verteilen und in die Regale einzuordnen. Dabei lasse ich es mir nicht nehmen, an jedem Einzelnen zu riechen und den Duft in mich aufzunehmen.

Eine halbe Stunde später höre ich die Türklingel und sehe Lauren in den Laden spazieren. Wie immer mit zwei großen Bechern dampfendem Tee und einer Tüte vom Bäcker in der Hand. Man möchte zwar meinen, dass wir genug Kräuter im Shop haben, um unseren Frühstückstee hier zubereiten zu können, aber es ist nicht erst einmal vorgekommen, dass wir ab der ersten Minute so sehr mit Kunden beschäftigt waren, dass dafür schlichtweg keine Zeit mehr geblieben wäre. Und gerade heute, da ich mein Frühstück ausfallen lassen musste, bin ich meiner Mitarbeiterin und besten Freundin sehr dankbar für diese Geste.

»Wunderschönen guten Morgen. Einmal ein Orangen-Lavendel-Tee für dich und ein Pfefferminz-Erdbeer-Tee für mich. Außerdem gibt es zwei Muffins von Sam.«

Lachend nehme ich den dampfenden Becher entgegen. Bereits der wohlige Geruch wirkt angenehm beruhigend auf mich. Und auch über den Muffin freue ich mich. Sam führt die Bäckerei nebenan und seine Kreationen schmecken einfach himmlisch. Leider haben wir hier viel zu wenig Zeit, um uns gebührend mit unseren Nachbarn, also den Läden rundherum, auszutauschen. Ständig ist bei irgendjemandem gerade Kundschaft. Da plaudert es sich schlecht. Trotzdem halten wir doch zusammen, wenn es drauf ankommt. Ich bin mir sicher, Sam hat Lauren eine seiner neuen Sorten zum Probieren mitgegeben. Neugierig luge ich in die Tüte und ein angenehmer Duft nach Zitrone steigt mir in die Nase.

»Dann wurde es gestern also noch eine lange Nacht?«, frage ich Lauren, auf ihre Erklärung der beiden Teesorten eingehend, und kann mir ein freches Grinsen nicht verkneifen. Lauren ist, genau wie ich, Single. Mit dem Unterschied, dass sie ein Date nach dem anderen hat und ich mich lieber auf meine Arbeit konzentriere.

»Das hat aber nichts mit meinem Date von gestern zu tun. Ich war vor neun Uhr zu Hause. Meine Nachbarn haben anscheinend wieder Möbelverrücken gespielt und waren erst weit nach Mitternacht mit dem Ergebnis zufrieden.«

»Dann war der Typ also doch nicht so toll?«

Statt einer Antwort, wirft sie mir nur einen verächtlichen Blick zu, der mir zu verstehen gibt, dass jede weitere Frage unnötig ist.

»Hast du den Winter endlich erwischt? Gibt es was Neues wegen des Ladens?«

Zu gerne würde ich mich bei Lauren darüber ausheulen, dass ich unseren Vermieter noch immer nicht erreichen konnte, doch das muss wohl warten. Eine Kundin betritt gerade das Geschäft und sieht sich schüchtern um. Aus der einen Kundin werden innerhalb kürzester Zeit drei und so geht es ohne

Verschnaufpause bis zu unserer Mittagspause weiter. Gut, dass ich meinen Tee zumindest noch zur Hälfte ausgetrunken habe, bevor der Laden voll war.

»Puh, da war wieder ganz schön was los. Ich freue mich ja, dass der Shop so gut läuft, aber meine Füße könnten eine Pause gebrauchen.«

»Die kannst du ihnen jetzt gerne gönnen. Ich hole uns etwas zu essen aus der Strandbar, okay?«, biete ich Lauren an.

»Oh ja, das wäre toll. Für mich bitte den Hummersalat.« Lauren fährt sich mit der Zunge über die Lippen und ich muss lachen. Sie liebt diesen Salat und bestellt ihn fast jedes Mal, wenn wir unser Essen aus der Strandbar holen.

»Das hätte ich jetzt nicht erwartet«, sage ich, um sie ein wenig aufzuziehen. Als sie mir den Lappen, mit dem sie gerade den Tresen abgewischt hat, nachwirft, verlasse ich fluchtartig den Laden und mache mich auf den Weg zu unserem Mittagessen.

Da der Besitzer der Bar ein guter Freund von mir ist, muss ich zum Glück nicht lange warten und bin schon eine halbe Stunde später wieder samt frischem Essen bei Lauren im Shop.

»Oh, das duftet wieder einmal köstlich«, sagt sie, während sie sich bereits über den Hummersalat hermacht.

Mit vollem Mund kommt sie noch einmal auf

die Frage von heute früh zu sprechen, die ich ihr nicht mehr beantworten konnte.

»Ich bin extra schon vor Ladenöffnung zu Mr. Winter gegangen, aber er war leider nicht zu Hause. Wüsste ich es nicht besser, würde ich annehmen, er geht mir aus dem Weg.«

Lauren sieht mich nachdenklich an.

»Und wenn er das tut? Also dir aus dem Weg gehen? Glaubst du, er verlängert den Mietvertrag nicht?«

»Ich wüsste nicht, weshalb er das tun sollte. Ich habe die Miete immer pünktlich bezahlt und der Laden läuft gut. Er hat keinen Grund zu der Annahme, dass er mit mir ein schlechtes Geschäft macht.«

»Das weiß ich schon. Ich mein ja nur. Sonst war er auch immer überpünktlich und jetzt ist es nicht mehr lange hin, bis der Vertrag ausläuft.«

Genau darüber habe ich mir auch schon so meine Gedanken gemacht. Ich wüsste wirklich nicht, was ich tun sollte, wenn Mr. Winter den Vertrag nicht verlängern würde. Hier in der Gegend bekomme ich so schnell keine neuen Räumlichkeiten. Ich müsste also ganz von vorne anfangen. Dafür hätte ich, glaube ich, keine Kraft. Ich liebe meine Arbeit und diesen Shop, aber es war Knochenarbeit, das alles aufzubauen, und hat ewig gedauert, bis der Laden so gut lief. Vor allem habe ich nicht nur Zeit, sondern auch richtig viel Geld in die Umbauarbeiten gesteckt. Das kann ich mir kein zweites Mal leisten.

»Er wird sich schon noch melden und dann wird alles gut«, sage ich, mehr, um mich selbst zu beruhigen.

3

ADAM

Das Gespräch mit meinem Vater mündete, wie so oft, in einen Streit. Er will einfach nicht verstehen, dass ich nicht so bin, wie er mich gerne hätte. Noch nicht.

Genervt hole ich mein Handy aus der Hosentasche, als ich das Bürogebäude verlasse, und wähle die Nummer der einzigen Person, die mich jetzt aufheitern kann.

»Adam, ich hätte nicht damit gerechnet, heute von dir zu hören. Hast du deinen Kater schon ausgeschlafen?« Blake, mein bester Freund seit Kindertagen, lacht laut auf. Von wegen Aufheiterung. Genervt fahre ich mir mit der linken Hand über mein Gesicht. Er hat gut lachen. Seit zwei Jahren leitet er sein eigenes IT-Unternehmen. Und, obwohl er noch keine meiner Partys ausgelassen hat, schafft er es aus unerfindlichen Gründen, jedes

Mal am nächsten Morgen pünktlich in seinem Büro zu erscheinen. Ohne Kater wohlgemerkt.

»Sehr lustig, Blake. Was hast du heute Abend vor? Lust auf eine weitere Runde?«

»Du bekommst nie genug, was? Wann suchst du dir endlich eine Freundin und wirst sesshaft?«

Oh Mann. Zum Glück meint er das nicht ernst, ist er doch selbst seit Ewigkeiten Single und zeigt keinerlei Interesse daran, sich fest an eine Frau zu binden.

»Der war gut, mein Freund. Ich hatte einen harten Tag. Hatte wieder einmal Streit mit meinem Vater. Also was ist? Machen wir was?«

Wie nicht anders zu erwarten, treffen wir uns ein paar Stunden später vor dem neuen Klub eines unserer Hotels und werden gleich von dem Türsteher durchgewinkt. Gut für ihn. Hätte er mich nicht erkannt, wäre er seinen Job spätestens morgen los gewesen. Unsere Angestellten sollten wissen, mit wem sie es zu tun haben, und müssen die Gesichter der New Yorker High Society in- und auswendig kennen. Nicht auszudenken, was passieren würde, wenn einem namhaften Gast der Zutritt zu einem unserer Klubs verwehrt bliebe. Immerhin sind wir nicht der Feind unseres Geldes und wer viel hat, gibt auch großzügig. Zumindest auf Partys. Da geht eine Champagnerflasche nach der anderen raus. Schließlich ist man hier, um zu sehen und gesehen zu werden. Wenn man sich da allzu knauserig zeigt, kann man am nächsten Tag in der Presse lesen, man wäre bankrott gegangen.

Um das zu verhindern, ordern auch Blake und ich die erste Flasche und sind bereits von heißen Frauen umzingelt, bevor der Kellner sie uns bringt. In der Partyszene sind wir bekannt wie bunte Hunde und nicht nur aufgrund unserer spendablen Art Anziehungspunkt. Männer, die den Frauen gerne den Abend finanzieren, gibt es hier genug. Aber sie wollen mehr und mein bester Freund und ich zählen nun mal zu den begehrtesten Junggesellen New Yorks. Manchmal kommt es mir so vor, als hätten die Frauen dieser Stadt eine Wette am Laufen, wer es schafft, uns vor den Traualtar zu schleppen. Bei Blake ist es einer sogar einmal gelungen, ihn in eine Beziehung zu drängen, was unschön endete. Aber meine Regeln sind unumstößlich.

»Wollen wir in den VIP-Bereich und uns unterhalten?«, fragt Blake, die Frauen um uns herum ignorierend.

Mürrisch sehe ich ihn an. Auf noch eine Diskussion habe ich so überhaupt keine Lust. Ich befürchte allerdings, mein bester Freund wird keine Ruhe geben, bevor er nicht weiß, was heute im Büro meines Vaters passiert ist. Leider teilt er seine Meinung darüber, ich solle mich endlich in der Firma einbringen, um die Leitung bald übernehmen zu können. Resigniert nicke ich und setze mich in Bewegung.

Auch hier ist es nicht nötig, irgendetwas zu sagen. Der Türsteher nickt uns kurz zu und öffnet die Absperrung, sodass wir nach oben gehen können.

»Erzähl, was ist los?«, wird die Runde auch schon eingeleitet, sobald wir uns in dem Raum, der heute nur für uns, und später vielleicht ein paar Mädels, reserviert ist, befinden.

»Zuerst brauche ich einen Drink. Einen richtigen und nicht dieses blöde Angebergesöff«, sage ich zu Blake, gehe an die Bar, bei der wir uns selbst bedienen können, und schenke mir einen Whiskey ein.

»Bring mir auch einen mit.«

Also fülle ich ein zweites Glas, das ich Blake überreiche, bevor ich mich neben ihn auf die Ledercouch fallen lasse.

»Dad will, dass ich die Firma übernehme. Bald. Sehr bald. Deshalb soll ich ihn ab nächstem Monat in der Geschäftsführung unterstützen. Er will mir alles sauber übergeben, bevor er sich aus dem Geschäft zurückzieht«, erkläre ich, bevor Blake mich noch einmal nach dem Gespräch mit meinem Vater fragen muss.

»Du könntest es echt schlimmer treffen, das weißt du, oder?«

Natürlich könnte ich es schlimmer treffen, das

ist mir sehr bewusst. Aber ich will diese Verantwortung noch nicht übernehmen. Dazu fühle ich mich nicht bereit.

Ohne eine Antwort abzuwarten, wobei ich ihm das nicht verübeln kann, immerhin schweige ich ihn beharrlich an, redet Blake weiter.

»Adam, diese Partys und die Frauen, das ist ganz nett. Aber das kann nicht dein Leben ausmachen. Versteh mich nicht falsch, ich hau mir gerne die Nächte mit dir um die Ohren. Ich bin aber auch froh, wenn ich morgen in mein Büro gehen und etwas leisten kann, auf das ich stolz bin. Außerdem wirst du nicht wie dein Vater, nur weil du seine Firma übernimmst«, spricht er meine größte Angst an.

»Und was, wenn doch?«

»Bevor es so weit kommt, schleife ich dich höchstpersönlich aus dem Gebäude und wasche dir gründlich den Kopf.«

Ich lache heiser auf. Wusste ich doch, dass mein Kumpel es schafft, mich aufzuheitern. Auch wenn das Thema damit für mich noch lange nicht erledigt ist.

»Also gut. Holen wir uns ein paar heiße Schnecken, was meinst du?«, sage ich und stehe auf, um zu dem großen Fenster zu gehen, durch das wir von hier oben einen guten Überblick über den restlichen Klub haben. »Aber Vorsicht, deine Ex ist auch da.« Ich deute zur Bar und Blake schnaubt laut auf, als er sie sieht. Seine Kieferknochen verspannen sich, sonst lässt er sich allerdings nichts anmerken.

»Die sind ganz nett, was meinst du?«, zeigt er stattdessen auf eine Gruppe von Mädels, die sich auf der Tanzfläche amüsieren.

»Dann wollen wir«, stimme ich ihm zu.

Es braucht kaum mehr als ein nettes Lächeln und eine Handbewegung in Richtung des VIP-Bereichs, um die Frauen dazu zu überreden, uns zu begleiten. Oben angekommen, spielen wir die perfekten Gastgeber und sorgen dafür, dass die Mädels nicht auf dem Trockenen sitzen. Ich achte hingegen darauf, nicht den gleichen Fehler wie gestern zu machen, und steige nach dem zweiten Whiskey auf Energydrinks um, während sich zwei der Freundinnen in die Haare bekommen. Mir soll es recht sein, immerhin streiten sie sich darum, wer auf meinem Schoß sitzen darf.

»Aber Ladys, ich habe zwei Beine. Ihr könnt euch den Platz gerne teilen«, biete ich ihnen großzügig an und bin selbst ein bisschen verblüfft darüber, dass sie mein Angebot annehmen. Während die eine beginnt, meinen Hals abzulecken, steckt mir die andere ihre Zunge in den Mund. Das verspricht, eine verheißungsvolle Nacht zu werden. In diesem Fall bleibt es mir wohl auch erspart, meine übliche Rede bezüglich meiner eisernen Regeln zu halten. Die beiden gehen sicher nicht davon aus, irgendwann eine Dreiecksbeziehung mit mir zu führen. Deshalb lehne ich mich entspannt zurück und genieße die Zuwendung, die mir gleich von zwei Frauen zuteilwird. Während die eine sich mit ihrer Hand einen Weg unter mein Hemd sucht und noch immer dabei ist, meinen Hals zu liebkosen, kommt die andere durch unsere heißen Zungenküsse derart in Fahrt, dass sie ihre Hand in tiefere Regionen abtauchen lässt. Durch den Stoff meiner Hose hindurch massiert sie meine Härte. Als sie allerdings beginnt, den Reißverschluss zu öffnen, halte ich ihre Hand fest. Ich teile zwar viel mit meinem Kumpel, aber derart intime Augenblicke möchte ich dann doch lieber alleine in der Gesellschaft der Damen genießen. Deshalb löse ich mich für den Moment von den beiden.

»Wie sieht es aus, wollt ihr mit zu mir kommen?«, frage ich sie ganz direkt, woraufhin sich beide einen kurzen Blick zuwerfen und danach eifrig nicken.

Das ging fast schon zu einfach, aber ich will mich nicht beschweren. Ich schaue zu Blake hinüber, der den Frust wegen seiner Ex gerade abbaut, indem er mit einer der anderen Frauen einen Tanz aufführt, für den er in manchen Teilen des Landes ins Gefängnis kommen würde, und bestelle ein Taxi. Er kommt schon alleine klar.

4

DEMI

Ein langer Arbeitstag, an dem sich der Vermieter meines Ladenlokals noch immer nicht gemeldet hat, geht zu Ende. Lauren und ich verlassen gerade das Geschäft. Während ich die Türe zusperre, fragt sie mit einem verschmitzten Grinsen im Gesicht: »Wollen wir heute noch um die Häuser ziehen, damit du mal auf andere Gedanken kommst? Wer weiß, vielleicht lernen wir ein paar süße Kerle kennen.«

Mit dem Argument ist sie bei mir an der völlig falschen Adresse. Weder bin ich an einer Beziehung interessiert noch an einem Mann für eine Nacht. Dementsprechend genervt schaue ich Lauren auch an.

»Eher nicht, aber danke«, lehne ich ihren Vorschlag ab.

»Ach, komm schon. Wir waren ewig nicht mehr

aus. Machen wir uns einen schönen Abend unter Mädels.«

Ich werfe ihr einen skeptischen Blick zu, woraufhin sie abwehrend die Hände hebt.

»Okay, okay. Vielleicht erlaube ich einem süßen Typen, die Nacht in meinem Bett zu verbringen. Aber vor allem geht es darum, dich auf andere Gedanken zu bringen. Nur ein Drink?« Lauren sieht mich mit ihren großen Kulleraugen flehend an. Wie könnte ich da Nein sagen?

»Also gut. Von mir aus. Ein Drink. Aber sobald ich blöd angequatscht werde, geh ich.«

»Abgemacht.« Zufrieden klatscht meine Freundin und Kollegin in die Hände. »Also, was wollen wir anziehen? Oh, ich weiß. Ich hab mir doch letzte Woche diesen heißen Minirock gekauft. Meinst du, die schwarze Bluse mit dem tiefen Ausschnitt würde gut dazu aussehen?«

Meine Augenbrauen schnellen in die Höhe. Ist das ihr Ernst? Ein Minirock und ein tiefer Ausschnitt? Oje, sie meint es wohl tatsächlich so, heute noch jemanden aufreißen zu wollen.

»Wie wäre es denn mit der Rüschenbluse, die du erst neulich anhattest?«, biete ich ihr eine weniger offenherzige Alternative an.

»Hmm, ja, das ist keine schlechte Idee. Der unauffällige Ausschnitt gibt Raum für Fantasie«, stellt sie zufrieden fest und ich unterdrücke ein Aufseufzen, während ich mir denke, dass sie damit außerdem nicht gleich mit der Tür ins Haus fällt und vielleicht noch auf ihren Preis angesprochen wird. Natürlich sage ich nichts dergleichen. Immerhin will ich meine Freundin nicht beleidigen.

»Treffen wir uns um acht vor Dannys Bar?«, frage ich sie stattdessen.

»Ja, perfekt.«

Wir verabschieden uns voneinander und zu Hause angekommen, stehe ich nicht nur vor meinem Schrank, sondern auch vor dem Problem, was ich anziehen soll, um nicht wie Laurens Anstandsdame auszusehen.

»Was meinst du, Henry? Das gemusterte Kleid oder der blaue Chiffonrock mit weißem Shirt?«, frage ich meinen Goldfisch, während ich mir ein Outfit nach dem anderen vor den Körper halte und mich im Spiegel betrachte. Schließlich entscheide ich mich für den knielangen Rock und trage noch den passenden Lidschatten auf. Für die Lippen wähle ich ein dezentes, rosa schimmerndes Lipgloss und bin auch schon fertig. Nicht sonderlich motiviert ziehe ich mir nudefarbene Sandalen an, hänge mir die dazu passende Tasche um und mache mich auf den Weg zu Dannys Bar, in der ich zuletzt vor gefühlt hundert Jahren war.

Tatsächlich ist es erst ein paar Monate her und Ben, der Türsteher, begrüßt mich, als er mich sieht.

»Demi, hi, schön, dass du dich auch mal wieder sehen lässt. Ich soll dir von Lauren ausrichten, dass sie an der Theke auf dich wartet. Du hast aber vermutlich nichts anderes von ihr erwartet, oder?«, sagt er mit einem Grinsen im Gesicht. Meine Freundin geht öfter auf die Piste und schleppt einen Mann nach dem anderen ab, wohingegen ich zuletzt hier war, als ich den Frust über die Trennung von meinem langjährigen Freund in Alkohol ertränken wollte. Es ist mir nicht wirklich gut gelungen. Am nächsten Tag hatte ich Liebeskummer und einen Kater, weshalb ich diese Form der Ablenkung schnell wieder aufgegeben habe.

»Danke. Wir sehen uns«, sage ich zu Ben und gehe an ihm vorbei, hinein in die Bar, wo ich Lauren tatsächlich an der Theke entdecke. Nur leider ist sie nicht alleine, sondern unterhält sich angeregt mit einem Kerl. Als ich sie so sehe, möchte ich am liebsten auf dem Absatz kehrtmachen und nach Hause gehen. Doch da bemerkt sie mich, winkt mir freudig zu und schickt den Typen neben ihr zu meiner Erleichterung fort.

»Sag bloß, du hast schon ein Opfer für heute Nacht gefunden«, begrüße ich sie, um ein Lächeln bemüht, als ich bei der Bar ankomme.

»Ach was. Da kommt bestimmt noch ein besserer nach. Jetzt trinken wir erst einmal gemeinsam etwas. Möchtest du einen Cocktail?«

Als würde es hier irgendetwas anderes geben, sofern man nicht auf Bier steht. Deshalb nicke ich ihr zu und sie bestellt zwei Manhattan für uns.

Während der Barkeeper mit unseren Drinks beschäftigt ist, schaue ich mich in der Bar um. Normalerweise sind die Lokale in Port Charlotte nicht so gut besucht, aber mittlerweile sind ziemlich viele Touristen hier. Touristen, von denen es viele auf eine Urlaubsbekanntschaft ohne Verpflichtungen abgesehen haben, weshalb Lauren auch heute wieder ein leichtes Spiel haben wird. Für mich hat es allerdings den Nachteil, dass wir schon nach dem ersten Schluck von unserem Cocktail von den ersten beiden Typen angequatscht werden.

Kaum schicken wir die ersten weg, stehen schon die nächsten vor uns. Je mehr sich Laurens Alkoholspiegel im Blut hebt, desto niedriger wird ihre Hemmschwelle. Schon nach meinem zweiten und Laurens fünftem Cocktail, die wir ebenfalls hauptsächlich damit verbracht haben, Männer abzuwimmeln, anstatt uns miteinander zu unterhalten, verfällt meine Freundin doch wieder in Flirtstimmung.

Ich kann es ihr zwar nicht verdenken, immerhin ist sie seit einer halben Ewigkeit Single, aber mich nervt es trotzdem, daneben sitzen und mich mit dem Freund des Typen unterhalten zu müssen, der in etwa so amüsant wie ein Käsebrot ist.

Nach einer halben Stunde reicht es mir. Ich stehe von meinem Hocker auf und versuche, Lauren auf mich aufmerksam zu machen, die gerade dabei ist, ihre Eroberung zu betatschen und mit den

Augen auszuziehen. Zugegeben, er sieht gut aus. Aber ich kann mir beim besten Willen nicht vorstellen, dass er mehr Charme besitzt als sein Kumpel. Doch das soll nicht mein Problem sein.

»Lauren ...«, versuche ich, die Aufmerksamkeit meiner Freundin auf mich zu ziehen. »Lauren ...«, sage ich lauter, als sie sich nicht von dem Kerl abwendet, und tippe ihr auf die Schulter, was dazu führt, dass sie ihren Blick widerwillig von dem Mann löst und mich fragend ansieht.

»Ich werde jetzt gehen.«

»Aber es ist doch gerade so lustig. Bleib noch ein bisschen«, bittet sie mich und ich frage mich, wo sie die letzten Stunden gewesen ist. Ich jedenfalls habe mich nicht amüsiert.

»Ich bin müde und morgen ruft die Arbeit wieder. Hab du ruhig deinen Spaß«, sage ich und deute mit meinem Kopf in Richtung des Typen, der zumindest so freundlich war, uns ungestört reden zu lassen und sich einstweilen zu seinem Kumpel gesellt hat. Wenn mich nicht alles irrt, beobachten sie gerade zwei Frauen auf der Tanzfläche, von denen sie ziemlich angetan zu sein scheinen. Ich hoffe für Lauren, dass sie keine Enttäuschung erlebt, und verabschiede mich von ihr, bevor die beiden noch verschwinden.

»Krall dir den Kerl. Wir sehen uns«, sage ich deshalb zu ihr, bevor ich mich schnell zum Ausgang begebe und erleichtert ausatme, sobald ich im Freien angekommen bin.

»Na, Spaß gehabt?«, fragt mich Ben mit einem wissenden Blick. Auch er hat meinen Absturz nach der Trennung mitbekommen und weiß, dass ich seitdem nicht mehr hier war.

»Geht so«, gebe ich zurück und mache mich endlich auf den Heimweg.

5

ADAM

Der Morgen danach ist meist von Kopfschmerzen und einem hohlen Gefühl geprägt. Diesmal fehlen die Kopfschmerzen, dafür fühle ich mich noch leerer als sonst. Wobei sich die beiden Freundinnen gestern Nacht richtig ins Zeug gelegt haben, um mich zufriedenzustellen. Was nur leider dazu geführt hat, dass sie umso weniger begeistert waren, als ich sie nach dem Sex rausgeschmissen habe. Dabei können sie nicht behaupten, ich hätte nicht zumindest versucht, noch eine Unterhaltung mit ihnen zu führen. Alleine das ist schon sehr untypisch für mich und ich habe keine Ahnung, was da eigentlich in mich gefahren ist. Aber das oberflächliche Geschwafel über wilde Partys, sexy Klamotten und dreckigen Sex ging mir dann irgendwann doch auf die Nerven.

Wieso glauben Frauen, wir Männer würden uns sofort in sie verlieben, wenn sie sich wie Schlampen benehmen? Ja, wir lieben Sex. Zumindest geht es mir so. Aber dafür brauche ich keine Beziehung. Und eine Frau wird für mich bestimmt nicht attraktiver, zumindest nicht, wenn es um eine gemeinsame Zukunft geht, wenn sie mir erzählt, was sie schon alles mit wem getrieben hat. Sollte es jemals dazu kommen, dass ich mich auf etwas Ernstes einlasse, wovon ich nicht ausgehe, wird es bestimmt nicht mit einer hübschen Hülle sein, mit der ich kein anständiges Gespräch führen kann.

Wobei, was denke ich da eigentlich? Die Unterhaltung mit meinem Vater muss mir mehr zugesetzt haben, als ich dachte, wenn ich jetzt schon darüber nachdenke, welche Attribute meine Zukünftige mit sich bringen müsste.

Ich mache eine wegwerfende Bewegung mit meinen Händen, um diese Idee abzuschütteln. Trotzdem. Irgendetwas hat sich verändert und Blake hat recht. Mein Leben ist oberflächlich und sinnlos. Außerdem werde ich ohnehin nicht drum herumkommen, die Firma meines Vaters zu übernehmen. Wieso also nicht gleich?

Erneut wundere ich mich selbst über die ganz neuen Denkweisen, die mir da gerade durch den Kopf gehen. War gestern irgendetwas in diesem Whiskey? Egal, ich brauche einen klaren Kopf und muss über so Einiges nachdenken. Nur hier, mitten in New York, wo eine Party nach der anderen lockt und mich jeder als Vaters Sohn kennt, wird das schwer möglich sein. In Gedanken versunken, gehe ich in die Küche und setze mir einen Kaffee auf. Die Idee, mir etwas Zeit für mich zu nehmen, ohne Ablenkungen, will mich nicht mehr loslassen, und als ich die ersten Schlucke des stärkenden Getränks zu mir genommen habe, fasse ich einen Entschluss. Ich werde für eine Zeit wegfahren. Nicht, um wegzulaufen, sondern, um mir klar darüber zu werden, was ich aus meinem Leben machen will. Ob ich wirklich in Vaters Unternehmen einsteigen möchte und wenn, was meine Bedingungen dafür wären. Oder, ob ich einen anderen Weg, meinen eigenen, finde, um glücklich zu werden. Denn natürlich ist mir bewusst, dass mich eine Frau nach der anderen und ein Leben in den Tag hinein nicht erfüllen. Ich bin kein Stein ohne Emotionen und habe doch ein bisschen Grips abbekommen, sodass auch mir die Leere, die ich schon seit einiger Zeit spüre, nicht entgangen ist. Auch wenn ich es bisher nicht wahrhaben wollte. Aber spätestens die letzte Nacht und der Dreier, der mir schon wenige Minuten danach kein Glücksgefühl mehr bescheren konnte, lassen mich die Tatsache einfach nicht mehr ignorieren.

Nachdem ich den Kaffee ausgetrunken habe,

gehe ich hinauf in mein Ankleidezimmer, um für die nächsten zwei Wochen zu packen, muss aber feststellen, dass meine Klamotten viel zu sehr nach reicher Millionär schreien. Wenn ich das schon durchziehe, dann will ich nicht erkannt und schon gar nicht auf meinen Status und mein Geld reduziert werden. Ich möchte einmal im Leben wissen, wie es sich anfühlt, auf Menschen zu treffen, die nicht wissen, wer ich bin.

Deshalb fahre ich kurzerhand in den billigsten Klamottenladen, den ich vom Wegsehen kenne, und besorge mir zwei Paar Jeans, ein paar T-Shirts und Sneakers. Das sollte ausreichen, um nicht aufzufallen. Bleibt nur noch die Frage zu klären, wohin es gehen soll. Jedenfalls nicht in eine größere Stadt, in der ich doch Gefahr laufe, erkannt zu werden. Hm. Ich fahre erst einmal wieder nach Hause und stopfe die Klamotten und sonstige Dinge, die ich für die Reise brauche, in eine Sporttasche, als mir ein Prospekt auf dem Tisch auffällt, das ich noch nicht weggeschmissen habe. Es ist eine Werbebroschüre eines Golfplatzes in Port Charlotte, Florida. Kurzerhand beschließe ich, dorthin zu fahren, buche einen Flug nach Tampa und organisiere den Transport meiner Harley. Sie ist mein Ein und Alles und wird mir das Freiheitsgefühl vermitteln, das ich gerade jetzt so dringend brauche.

Mein Flug geht bereits in einer Stunde und ich

nutze die Wartezeit, um Blake in mein Vorhaben einzuweihen. Allerdings nicht, ohne ihn darauf hinzuweisen, meinem Vater bloß nichts zu verraten. Dem würde ich glatt zutrauen, eine Eskorte zu schicken, um mich wieder zurück nach New York zu schleifen.

6

DEMI

»Wie kannst du nur so gut gelaunt sein?«, fragt Lauren mich mit belegter Stimme, als wir am nächsten Morgen gemeinsam den Laden öffnen.

»Ich war schließlich früh genug im Bett und konnte ausschlafen. So wie du aussiehst, dürftest du nur wenig Schlaf bekommen haben«, antworte ich ihr in einem neckenden Tonfall. Ich bin mir sicher, sie ist gestern nicht alleine nach Hause gegangen und hatte bestimmt eine wilde Nacht.

»Mhm. Aber auf den Kater hätte ich verzichten können«, jammert sie.

»Hat es sich wenigstens gelohnt?«

Obwohl Lauren wirklich sehr müde aussieht, zeigt sie bei der Frage doch ein strahlendes Lächeln.

»Schon. Tom ist ein zärtlicher Liebhaber. Ich

könnte mir vorstellen, ihn ein zweites Mal in mein Bett zu lassen.«

Lachend schüttle ich den Kopf. Lauren hört sich an wie ein Mann, wenn sie über ihre Eroberungen spricht. Ich kenne zumindest keine andere Frau, die Sex und Liebe so gut trennen kann wie sie. Und nicht nur das, sie hat noch nicht einmal ernsthaftes Interesse daran, eine Beziehung zu führen. Angeblich will sie sich nicht festlegen und der Gedanke, ihr Leben lang nur noch einen Mann zu haben, ödet sie an. Wobei Lauren es etwas anders ausdrückt.

Während ich die lagernden Kräuter durchgehe, kleine Botschaften schreibe, die ich jeder Einkaufstüte beilege und die ersten Kunden bediene, schwärmt mir meine Mitarbeiterin, die ich eigentlich eingestellt habe, um mich zu entlasten, von Tom vor.

Es ist bereits kurz vor Mittag, als ich gerade für eine ältere Dame eine Teemischung zusammenstelle, die gegen ihr Sodbrennen helfen soll, da erzählt Lauren noch immer von den Geschehnissen letzter Nacht und geht dabei doch ein wenig zu sehr ins Detail.

»Was der Mann mit seiner Zunge anstellen kann, habe ich noch nicht erlebt. Er hat einfach …«

»Lauren!«, unterbreche ich sie mitten im Satz, um zu verhindern, dass unsere Kundin entsetzt aus dem Laden rennt. Doch die reagiert ganz anders als erwartet.

»Ach, lassen Sie sie doch erzählen. Vielleicht kann ich meinem Archie noch etwas beibringen.«

Mit offenem Mund starre ich sie an und merke, wie mir die Schamesröte ins Gesicht steigt. »Nun seien Sie doch nicht so prüde. Glauben Sie etwa, in meinem Alter hätten wir keinen Sex mehr?«, tadelt mich die ältere Dame und ich versuche, mich schnell wieder zu fangen.

»Ähm, nein, doch. Natürlich sind Sie nicht zu alt dafür. Ich dachte nur ...« Ja, was dachte ich eigentlich? Ich wollte die Kundschaft nicht durch solche Gespräche verscheuchen. Aber wenn sie ihren Spaß daran hat, meinetwegen. Prüde. Von wegen. Jeden zweiten Tag erzählt Lauren in dieser Art von ihren Eroberungen und ich habe dadurch das Gefühl, mehr über diverse Sexpraktiken zu wissen, als so mancher Fetischexperte. Toms Zungenkünste sind im Vergleich zu anderen Erlebnissen, von denen meine Freundin bereits erzählt hat, Babykram.

»Na sehen Sie. Sie wollen es doch auch wissen. Also, Mädel, erzähl weiter«, fordert die Kundin Lauren auf, als ich das Ende meines Satzes in der Luft hängen lasse. Sie lässt sich natürlich nicht zweimal bitten und erklärt ganz genau, was Tom nun mit seiner Zunge angestellt hat, während unsere Kundin gespannt an ihren Lippen hängt.

In der Zwischenzeit kümmere ich mich um die

Teemischung und bediene im vorderen Bereich des Ladens einen weiteren Kunden, der zum Glück nicht mitbekommt, worüber sich die beiden unterhalten.

»Zu Ihnen komme ich ab jetzt öfter, um auf dem Laufenden zu bleiben«, verabschiedet sich die ältere Dame schließlich, als Lauren mit ihren Ausführungen fertig ist. Mir soll es nur recht sein. Solange sie zufrieden ist und dann auch Kräuter kauft.

»Was wollen wir heute essen?«, fragt Lauren gerade, als die Kundin den Laden verlassen hat.

Mit einem Seufzen, da ich mich heute wohl um alles alleine kümmern muss, antworte ich ihr. »Wenn du willst, fahre ich wieder in die Strandbar. Ich möchte sowieso auch noch mal bei Mr. Winter vorbeifahren. Siehst du dich imstande, dich einstweilen ums Geschäft zu kümmern?«, kann ich mir eine kleine Spitze nicht verkneifen.

»Ja, klar. Kein Problem«, gibt sie gut gelaunt zurück, ohne auf meine Anspielung einzugehen. Aber ich kann ihr nicht wirklich böse sein. Lauren war in der Vergangenheit immer für mich da und setzt sich sehr für den kleinen Laden ein. Da ist es halb so wild, wenn sie einen Tag schlappmacht. Ich nehme mir vor, sie mit einer Extraportion Hummerfleisch zu überraschen, schnappe mir meine Tasche und fahre los.

7

ADAM

Der Flug verlief zum Glück reibungslos und auch meine Harley hat ihn unbeschadet überstanden. Gemeinsam machen wir uns also auf den Weg nach Port Charlotte, was eine ungefähr eineinhalbstündige Fahrt entfernt liegt. Diese Zeit will ich nutzen, um mir über meine weitere Vorgehensweise klar zu werden. Ich habe nämlich weder ein Hotel gebucht noch sonst eine Ahnung, was ich die nächsten Tage und Wochen machen werde.

Als ich durch die von der Natur geprägten Straßen fahre und, außer in der Gegend um Sarasota, keine wirkliche Stadt sehe, schwant mir, dass ich mein Partyleben hier vergessen und mich eher auf sportliche Aktivitäten verlegen muss. Was mir allerdings nur recht ist. Immerhin bin ich hier, um eine Pause von meinem normalen Leben zu nehmen und über alles nachzudenken. Da brauche ich keine Ablenkungen in Form von Alkohol und Frauen.

Was ich allerdings langsam, aber sicher brauche, ist etwas zu essen. Der Flug war zu kurz, als dass es eine Mahlzeit gegeben hätte, und da ich New York ohne Frühstück oder dergleichen fluchtartig verlassen habe, halte ich an der nächsten Tankstelle, um meine Harley aufzufüllen und nach einem guten Restaurant zu fragen.

»Wenn du gut essen und dabei einen Blick auf den Strand haben willst, solltest du es mit Andrews Strandbar versuchen. Der Kerl versteht was vom Kochen«, lässt mich der Tankwart wissen.

»Und wie komme ich dorthin?«

»Immer geradeaus bis zum Strand. Du kannst es nicht verfehlen.«

Das hört sich nicht gerade so an, als gäbe es hier viele Bars. Ich steige wieder auf meine Harley und fahre los, wobei ich doch feststellen muss, dass ich mich geirrt habe. Zwar gibt es hier keine großen Szenenlokale, zumindest nicht in der Form, wie ich sie aus New York kenne, aber für Unterhaltung dürfte durchaus gesorgt sein. Trotzdem halte ich mich daran, was mir der Tankwart empfohlen hat, und fahre an den anderen Bars vorbei, bis ich am Strand ankomme und tatsächlich ein Lokal mit Bambusdach und großer Terrasse entdecke. Die Speisekarte, die am

Eingang aufgestellt ist, lässt mir schon das Wasser im Mund zusammenlaufen. Ich stelle die Harley ab und wähle den ersten freien Tisch, den ich sehe. Kaum sitze ich, kommt auch schon die Bedienung auf mich zu.

»Hi, was darf's denn sein?«

»Einmal den Beachburger mit Zwiebelringen und Bratkartoffeln und eine Cola, bitte«, bestelle ich das Gericht, das ich mir von der Speisekarte beim Eingang gemerkt habe. Ich habe Hunger und keine große Lust darauf, die Kellnerin noch mal wegzuschicken, damit ich mir in Ruhe den Rest der angebotenen Speisen ansehen kann. Außerdem kann ich mit einem Burger nicht allzu viel falsch machen und für all die anderen Köstlichkeiten bleibt mir immerhin noch genug Zeit. Schließlich bin ich gerade erst angekommen.

Die Kellnerin stellt mir die Cola auf den Tisch, als ich einen lauten Knall höre und mein Kopf in Richtung Parkplatz schnellt. Meine Harley. Als ich ruckartig aufstehe, stoße ich meinen Stuhl um, aber das ist mir im Moment egal. Irgendein Idiot kann hier offensichtlich nicht einparken. Das fängt schon gut an. Ich laufe an den Ort des Geschehens, wo die Verursacherin gerade aus ihrem Wagen steigt, um mein Motorrad zu inspizieren.

»Sind Sie wahnsinnig? Haben Sie keine Augen im Kopf? Sie können doch nicht einfach meine Harley umfahren.«

»Allenfalls habe ich sie angefahren und nicht umgefahren. Sie steht schließlich noch. Irgendwie.«

Irgendwie ist gut. Mein Motorrad ist auf das daneben parkende Auto gekippt, was wohl auch den Lärm verursacht hat. Schnell beeile ich mich, es wieder aufzustellen.

»Sag ich doch. Sie hat nicht einmal eine Delle abbekommen. Sie können sich also wieder beruhigen«, sagt die Frau schließlich gelassen, während ich noch dabei bin, die Harley von allen Seiten zu begutachten. Als ich feststelle, dass ihr tatsächlich nichts fehlt, atme ich erleichtert auf.

»Sehen Sie. Alles halb so wild«, macht sich die Frau neben mir wieder bemerkbar. Erst jetzt, als ich sie noch einmal ansehe, fällt mir auf, wie attraktiv sie ist. Nicht auf diese bis zum Perfektionismus gefeilte Art, wie ich es von den Tussis kenne, die sich mir in New York täglich an den Hals werfen. Sie ist eher auf natürliche Weise schön. Ohne viel Make-up, aufgepolsterten Lippen oder dergleichen.

»Meinen Sie nicht, ich hätte eine Entschuldigung in Form eines Drinks verdient?«, falle ich in meine gewohnte Rolle des Aufreißers, obwohl ich mir erst vor ein paar Stunden vorgenommen habe, für eine Weile die Finger von One-Night-Stands zu lassen. Aber irgendetwas an dieser Frau lässt mich alle guten Vorsätze vergessen.

»Wofür? Es ist schließlich nichts passiert«, kassiere ich die wohl erste Abfuhr meines Lebens und bin für den Bruchteil einer Sekunde fassungslos.

»Meinen Sie das ernst?«, frage ich sie erstaunt, da mir die Frauen für gewöhnlich zu Füßen liegen und alles dafür tun würden, um zumindest für die Länge eines Getränks in meiner Nähe sein zu können. Vielleicht ist es diese unnahbare Ausstrahlung, die mich in ihren Bann zieht.

»Natürlich meine ich das ernst. Ihre Harley hat keinen Kratzer abbekommen. Ich bin Ihnen also nichts schuldig.«

»Vielleicht sollte ich mich dann bei Ihnen entschuldigen«, starte ich einen neuen Versuch.

»Und wofür?«

»Weil ich so überreagiert und Sie angeschrien habe?«, schlage ich halb fragend vor und schenke ihr dabei mein verführerischstes Lächeln. Braucht sie wirklich einen Grund, um einen Drink mit mir zu nehmen? Die Kleine ist echt hartnäckig, was sie aus unerfindlichen Gründen noch interessanter für mich macht.

»Schon gut. Es ist Entschuldigung genug, wenn Sie mich jetzt einfach in Ruhe lassen. Ich habe es eilig«, sagt sie und lässt mich einfach hier stehen, während sie sich auf den Weg in Richtung Küche macht. Bevor auch ich zurück zu meinem Tisch gehe, sehe ich ihr nach. Unter ihren eher konservativen Klamotten dürfte sich eine Figur verbergen, an die ich gerne Hand anlegen würde.

8

DEMI

»Du glaubst nicht, was mir gerade passiert ist«, begrüße ich Lauren, als ich zurück in meinen Laden komme. Ich stelle die mitgebrachten Speisen auf den Tisch und beginne, sie auszupacken, während ich weiterrede. »Da hat doch tatsächlich so ein geschniegelter Lackaffe versucht, mich anzugraben. Und das, nachdem er mich wie eine aufgebrachte Furie angeschrien hat.«

»Was? Wieso hat er dich angeschrien?«, will Lauren berechtigterweise von mir wissen und ich fühle, wie meine Wangen ein bisschen heiß und sicherlich auch rot vor Verlegenheit werden. Zwar habe ich vor dem Typen so getan, als wäre ich die Ruhe in Person, aber in Wahrheit war es mir schon ziemlich peinlich, auf dem an sich großen Parkplatz ausgerechnet ein Motorrad umgefahren zu haben. Etwas Derartiges ist mir zuvor noch nie passiert. Ich kann es nur auf meine Nervosität wegen der Vertragsverlängerung für meinen Laden schieben. Oder auf meine Hektik, aufgrund der kurzen Mittagspause. Wie auch immer. Auf jeden Fall hätte ich besser aufpassen müssen, das ist auch mir klar.

»Na ja. Es ist schließlich nichts passiert. Ich habe seine Harley angefahren, aber sie hat nicht einmal einen Kratzer abbekommen«, tue ich meine Verlegenheit ab.

Meine Mitarbeiterin lacht laut auf und macht eine wegwerfende Handbewegung. »Ach, du weißt doch, wie Männer sind. Mit ihren Spielzeugen sind sie heikel. Wenn er danach in den Flirtmodus gewechselt hat, dürfte es so schlimm nicht gewesen sein.«

»Hmpf«, schnaube ich, noch immer ein bisschen wütend, weil mir die ganze Angelegenheit einfach nur peinlich ist, auf. Jetzt ist sogar Lauren schon auf seiner Seite, dabei habe ich, bei aller Schuld, die ich für den Unfall trage, seine Art wirklich unmöglich gefunden. Gut, ich hätte mich vielleicht dafür entschuldigen sollen, sein Motorrad gerammt zu haben. Aber es ist doch wirklich nichts passiert. Außerdem war ich mit meinen Gedanken noch bei meinem Vermieter, den ich schon wieder nicht angetroffen habe.

»Jetzt beruhig dich mal und iss etwas. Allerhöchster Wahrscheinlichkeit nach ist er ein Tourist, der in ein paar Tagen wieder von hier verschwindet.

Du wirst ihn also nie wieder sehen. Wobei ich der Meinung bin, du hättest dich ruhig auf den Flirt einlassen können.«

»Wie kommst du denn darauf?«, frage ich sie entsetzt. Sie wird doch nicht ernsthaft wollen, dass ich mich auf einen pöbelnden Angeber einlasse.

»Na ja, seit deinem Ex hattest du kein einziges Date mehr. Es wird langsam wieder Zeit.«

Von wegen. Nach meiner Beziehung mit dem Unaussprechlichen habe ich die Schnauze voll von Männern. Da muss schon der Prinz auf dem weißen Pferd daherkommen, damit ich mich wieder auf jemanden einlasse. Und den brauche ich nicht. Ich bin schließlich eine selbstständige, selbstbewusste Frau, die ihr Leben auch ohne Mann auf die Reihe bekommt. Meinem Ex hat das nicht gepasst und meiner Erfahrung nach haben die meisten Männer ein Problem damit, wenn Frauen auch ohne sie überleben oder gar auf die Idee kommen, sich eine eigene Existenz aufzubauen. Ein Heimchen am Herd wollen sie und das bin ich nun mal nicht. Nie wieder werde ich mir von einem Mann einreden lassen, ich wäre nicht gut genug, nur weil ich ihn nicht auf einen Sockel hebe und es auch andere Dinge gibt, die mir wichtig sind.

»Ich brauche keinen Mann«, gebe ich Lauren die gekürzte Version meiner Gedanken wider, um keine Diskussion vom Zaun zu brechen.

»Das habe ich auch nicht gesagt. Du sollst dich

auch nicht gleich Hals über Kopf in eine Beziehung stürzen. Aber eine kleine Affäre oder zumindest ein One-Night-Stand könnten ... Wie soll ich sagen? Deine Laune etwas heben.« Die letzten Worte nuschelt sie nur noch, aber ich habe sie sehr gut verstanden.

»Nicht jeder kann Sex und Liebe so gut trennen wie du«, lasse ich sie deshalb wissen und seufze schwer. Außerdem bin ich nun mal nicht der Typ dafür, einfach so einen Kerl abzuschleppen. Für mich gehört mehr dazu als nur bloße körperliche Anziehungskraft. Ich muss den Mann zumindest mögen, mit dem ich ins Bett gehe, und das ist bei dem Motorradhelden bestimmt nicht der Fall. Wobei ich, jetzt da ich darüber nachdenke, zugeben muss, dass er sehr attraktiv war. Anders als all die Männer, die Lauren so oft mit nach Hause nimmt. Also ja, auf körperlicher Ebene würde es vermutlich passen. Aber das ist nun mal nicht alles und ich lasse mich bestimmt nicht herab, mit einem Typen ins Bett zu steigen, der mich dermaßen angegiftet hat und seine Harley für sein Ein und Alles hält. Als gäbe es nichts Wichtigeres im Leben.

»Dann sollten wir daran arbeiten«, beschließt Lauren und ich sehe sie fragend an.

»Wie soll man daran denn bitte arbeiten können? Außerdem, nein, ich möchte das einfach nicht.«

»Also gut. Wie du meinst. Dann endest du

irgendwann einmal alleine als alte Jungfer und wirst von deinen Katzen angeknabbert.«

»Die Angst hab ich nicht. Henry ist mein einziges Haustier und der wird wohl kaum aus seinem Aquarium hüpfen, um mich zu verspeisen.«

»Schon gut. Ich geb auf. Du hast gewonnen.« Lauren hebt abwehrend die Arme und wir müssen jetzt doch beide lachen. Danach lassen wir das Thema zum Glück endlich fallen, nur um zum nächsten unangenehmen Gespräch zu kommen.

»Hast du eigentlich Mr. Winter erreicht? Verlängert er den Vertrag?«

»Keine Ahnung«, gebe ich mit einem Seufzen zurück. »Er war mal wieder nicht da. Oder er verbarrikadiert sich in seiner Wohnung und tut nur so, als wäre er unterwegs, damit ich ihn nicht erwische. Jedenfalls habe ich nicht mit ihm gesprochen«, erkläre ich Lauren, weshalb meine Laune, unabhängig von dem Typen mit seiner Harley, im Keller ist. »Ich werde mir etwas einfallen lassen. Er kann sich schließlich nicht ewig verstecken«, beende ich nun auch dieses Thema und wir essen schweigend, beide in Gedanken versunken, unser Mittagessen.

9

ADAM

»Ich hoffe, der Harley ist nichts passiert?«, spricht mich ein Typ in meinem Alter an, als ich wieder zurück zu meinem Tisch komme, auf dem das Essen bereits kalt wird.

»Nein, nur meinem Ego«, gebe ich zu, was ihn zum Lachen bringt.

»Demi ist nicht einfach, aber echt okay.«

Demi heißt also die erste Frau, die mich je abgewiesen hat. Gut zu wissen.

»Kennst du sie näher?«

»Wir sind gute Freunde. Ich bin Andrew, der Chef hier.« Der angeblich begnadete Koch streckt mir die Hand entgegen.

»Adam, hi«, stelle ich mich vor und greife zu. »Eine schöne Bar hast du. Ist bestimmt viel Arbeit.«

»Ja, das kann man wohl sagen. Vor allem, weil eigentlich auch ein Motel dazu gehört«, er deutet auf ein Gebäude, das ein paar Meter entfernt steht und ziemlich heruntergekommen aussieht.

»Eigentlich?«

»Wie du siehst, ist es renovierungsbedürftig. Mir fehlt die Zeit, mich darum zu kümmern. Gerade haben wir Hochsaison und ich könnte schon hier in der Bar noch mehr helfende Hände gebrauchen. Das Motel würde extra Geld abwerfen, bedeutet aber auch mehr Arbeit.«

Nachdenklich sehe ich zu dem Haus hinüber, das echt Potenzial hat. Wenn Andrew es herrichten lässt, könnte er sich vor Übernachtungsgästen vermutlich gar nicht retten und würde ein kleines Vermögen damit verdienen. Obwohl ich mich bisher gewehrt habe, in Dads Unternehmen einzusteigen, habe ich doch Ahnung von der Materie. Ich war nicht erst bei einem Hotelaufbau dabei und habe mit angepackt. Da kommt mir eine Idee. Vielleicht ist das die Lösung für meine Probleme.

»Wenn du willst, helfe ich dir bei der Renovierung«, biete ich Andrew an, der mich überrascht, aber auch misstrauisch ansieht.

»Hast du denn Ahnung davon?«

»Ich habe mein eigenes Haus renoviert, was natürlich nicht ganz so groß ist. Aber ja, ich habe Ahnung«, schwindle ich ihn an. Schließlich habe ich mir die billigen Klamotten nicht gekauft, um gleich nach den ersten fünf Minuten den Sohn eines Hotelkettenbesitzers raushängen zu lassen.

»Cool. Was wird mich das kosten?«, fragt er. Ich bin mir sicher, er kann sich den Umbau leisten, trotzdem wirkt er leicht nervös, wie er sich durch die Haare fährt und über die Lippen leckt.

»Ein Zimmer und zwei Mahlzeiten am Tag«, grinse ich ihn an.

Andrew lacht erleichtert, schlägt mir auf die Schulter und willigt in mein Angebot ein.

»Das Motel ist zwar renovierungsbedürftig, aber die Leitungen funktionieren und die Fenster sind dicht. Du kannst also gerne dort schlafen. Wenn du weißt, welche Materialien du brauchst, schieße ich dir das Geld vor«, macht er den Deal fix. »Das ist echt cool, Mann. Du kannst dir nicht vorstellen, wie dankbar ich dir bin.«

Und er hat so absolut gar keine Ahnung, wie dankbar ich ihm bin. Zwar habe ich mir gerade einen Haufen Arbeit aufgehalst, aber das ist der perfekte Weg, um mir über meine Zukunft klar zu werden. Außerdem hat mir alles Handwerkliche schon immer Spaß gemacht.

»Jetzt bring ich dir erst mal einen warmen Burger, damit du gestärkt für die Arbeit bist, die da auf dich zukommt«, sagt Andrew, nimmt den Teller, der noch immer unberührt vor mir auf dem Tisch steht, in die Hand und verschwindet wieder im Inneren der Bar.

Schon ein paar Minuten später steht ein herrlich duftender Beachburger mit wesentlich mehr

Bratkartoffeln und Zwiebelringen vor mir, als auf dem vorherigen Teller zu finden waren. Genüsslich beiße ich ab und lasse mir mein köstliches Mahl schmecken.

Als ich fertig bin, kommt Andrew wieder zu mir an den Tisch.

»Hier sind die Schlüssel fürs Motel. Enttäusch mich nicht«, sagt er mit einer kleinen Warnung zu mir, was ich nur zu gut verstehen kann. Wer gibt schließlich schon gerne sein Eigentum in die Hände eines völlig Fremden?

Als ich das Motel betrete, um mir einerseits einen ersten Überblick zu verschaffen und mir andererseits ein Zimmer für die nächsten Nächte auszusuchen, wird mir klar, weshalb Andrew nicht vorsichtiger war. Hier gibt es rein gar nichts, was sich zu stehlen lohnen würde. Zwar sind in einigen Zimmern Betten aufgestellt, in zwei der Badezimmer sind auch funktionierende und nicht eingerostete Sanitäranlagen installiert, aber ansonsten ist das Haus komplett leer.

Mit den Fenstern und Leitungen hatte Andrew recht. Was das anbelangt, kann alles so bleiben, wie es ist. Auch die Mauern und die Fassade sind in Ordnung und müssen nur neu gestrichen werden. Beim Boden sieht die Sache allerdings schon anders aus. Hier muss ich unbedingt mit dem Barchef reden, welchen er gelegt haben möchte. Außerdem gehören die Badezimmer neu verfliest, Waschbecken, Duschen und Badewannen samt Armaturen angebracht und die Treppe in die oberen Stockwerke repariert. So schlimm, wie zuerst gedacht, ist es also gar nicht. Sobald die grobe Arbeit erledigt ist, gehören nur noch die Zimmer eingerichtet. Das sollte also alles in den zwei Wochen, die ich hier bin, machbar sein. Schließlich habe ich nichts anderes zu tun und komme dadurch auch nicht auf dumme Gedanken.

10

ADAM

Obwohl ich auf einem alten, knarzenden Bett geschlafen habe, fühle ich mich nach meiner ersten Nacht in Port Charlotte so ausgeruht wie schon lange nicht mehr. Nach einer ausgiebigen Dusche, bei der mir die Kalt-Heiß-Phasen der reparaturbedürftigen Sanitäranlagen gerade recht kommen, ziehe ich mich an und mache mich auch schon ans Werk. So motiviert und voller Tatendrang war ich schon lange nicht mehr.

Ich gehe einen Raum nach dem anderen ab und notiere mir alles, was ich im Home Depot für die anstehenden Arbeiten besorgen muss. Das ist gar nicht so wenig. Aber ein Blick hinüber zur Strandbar reicht, um zu wissen, dass Andrews Probleme mit dem Motel nicht finanzieller, sondern tatsächlich zeitlicher Natur sind. Dort drüben ist jetzt schon kaum ein Tisch frei, was für diese frühe Morgenstunde echt respektabel ist.

Nachdem ich alles sorgfältig aufgeschrieben und im Internet bereits die ungefähren Preise recherchiert habe, schlendere auch ich hinüber zur Bar, wo ich mit einem breiten Lächeln von der Kellnerin begrüßt werde.

»Guten Morgen, Adam. Na, gut geschlafen in Andrews Geistermotel?«, fragt sie mich und erwartet offenbar, ich würde einen Rückzieher machen.

»Sehr gut, danke der Nachfrage. Kannst du mir ein Frühstück bringen und dem Chef ausrichten, dass ich hier bin?«, bitte ich sie mit einem Lächeln, bei dem die Frauen normalerweise dahinschmelzen. Auch bei ihr verfehlt es seine Wirkung nicht, denn sie kommt leicht ins Stocken.

»Äh, ja, klar.« Sie fährt sich mit der Hand durch ihre langen, blonden Haare. Anscheinend hat sie diese kurze Einlage gebraucht, um sich wieder zu fangen. »Wenn du ganz lieb zu mir bist, bekommst du sogar eine Extraportion Pfannkuchen«, lässt sie mich mit einem verschmitzten Grinsen wissen.

Bevor ich ihr antworte, erinnere ich mich daran, hier zu sein, um eine Pause von diesen ganzen Oberflächlichkeiten zu nehmen. Es gehört zwar eine starke Willenskraft dazu, die süße Blondine nicht dazu zu bringen, heute Nacht mein Bett und mich zu wärmen, aber dieser Ausrutscher würde in weiterer Folge nur zu Komplikationen führen. Immerhin wird sie auch morgen noch hier sein und mir vermutlich in mein Essen spucken, wenn ich sie erst aus meinem Bett geschmissen habe.

»Danke, aber ich hätte doch lieber Eier mit Speck«, sage ich deshalb mit einem entschuldigenden Lächeln.

Sie nimmt die Abfuhr zum Glück gelassen hin, zuckt mit den Schultern und verschwindet im Inneren der Bar, um wenige Minuten später mit meinem Essen zurückzukommen.

»Hier, bitte. Lass es dir schmecken. Der Chef kommt gleich.«

»Danke.«

Bevor Andrew auftaucht und mein Essen zum zweiten Mal kalt wird, lange ich ordentlich zu und es schmeckt wieder köstlich. Vielleicht liegt es am Meer, an meiner Ruhe oder einfach nur daran, dass der Kerl ein echt guter Koch ist, aber ich habe selten so gute Eier mit Speck gegessen.

»Bist du ausgehungert?«, höre ich Andrews Stimme an meiner Seite, als ich gerade den letzten Bissen verschlinge.

»Sieht ganz so aus. Du kochst aber auch einfach zu gut«, kann ich mir ein Lob nicht verkneifen.

»Danke fürs Kompliment. Judith meinte, du willst mit mir reden?«

»Ja. Ich habe mir eine Liste mit den Materialien gemacht, die ich für die Renovierung brauche. Da ist auch schon alles für die Sanitäranlagen dabei und Möbel habe ich ebenfalls schon rausgesucht. Keine Ahnung, ob sie dir gefallen. Ich dachte, sie würden gut zu der Umgebung passen«, lasse ich ihn wissen und zeige ihm nicht nur das Blatt Papier, auf dem ich alles aufgeschrieben habe, sondern hole auch mein Handy hervor, um ihm die Bilder zu zeigen.

»Wow, das sieht echt klasse aus. Und die Summe ist für alles zusammen?«, fragt er mich erstaunt, als er sich meine Recherchen genau angesehen hat.

»Jupp. Ich weiß eben, wie man spart«, tue ich, als würde ich einen Scherz machen, meine es aber sehr ernst. Die meisten Hotels meines Vaters sind übertrieben luxuriös ausgestattet. Sie sollen eben einen hohen Standard erfüllen. Dabei ist es zwar wichtig, nicht an der falschen Stelle knauserig zu sein, aber im Einkauf einen guten Riecher zu haben. So spart unser Unternehmen bei jedem Projekt mehrere Hunderttausend Euro.

»Sehr gut. Du hast mein Okay dafür. Ich wüsste nicht, wie ich es besser machen sollte. Für die Besorgungen kannst du dir meinen Pick-up ausborgen.« Andrew kramt in seiner Hosentasche und legt mir den Autoschlüssel auf den Tisch, bevor er sich wieder in die Küche verabschiedet. »Die hungrigen Mäuler müssen gestopft werden«, sagt er lachend.

Ich trinke meinen Kaffee aus und mache mich auf den Weg zum nächsten Home Depot.

11

DEMI

»Es tut mir leid, dass ich dich schon so früh allein lassen muss. Aber als Selbstständige gibt es eben immer was zu tun«, entschuldige ich mich bei Henry dafür, heute schon früher als gewohnt das Haus verlassen zu müssen. Ich möchte noch vor Ladenöffnung ins Home Depot fahren. Zwar ist mein Shop ganz gut in Schuss, aber ich brauche noch ein paar Dekoartikel und die Regale platzen auch schon aus allen Nähten, weshalb ich für mehr Stauraum sorgen muss.

Um nicht in Versuchung zu kommen, viel zu viel zu kaufen, was bei dem dortigen Angebot immer wieder passiert, mache ich mir eine Liste und nehme mir vor, mich strikt daran zu halten. Trotzdem habe ich auf der Fahrt das Gefühl, irgendetwas vergessen zu haben. Als ich ankomme, mir einen Einkaufswagen schnappe und das Geschäft betrete, hole ich deshalb meine Liste hervor und studiere sie genau. Zwei weitere Regale für meine Kräuter, dazu passende Lampen für die richtige Präsentation, eine Kommode für mehr Stauraum ... Weiter komme ich mit dem Lesen nicht, da ich gegen irgendetwas Hartes knalle. Erschrocken schaue ich von dem Papier in meiner Hand auf und erkenne einen weiteren Einkaufswagen, der auch noch gegen den Menschen dahinter, der sich gerade gebückt hat, um etwas aufzuheben, gefahren ist. Peinlich berührt laufe ich zu der Person hinüber, um nach dem Rechten zu sehen.

»Entschuldigen Sie bitte. Ich habe Sie nicht gesehen. Ist Ihnen ...« Gerade als ich mich danach erkundigen möchte, ob der Mann sich wehgetan hat, dreht er sich zu mir um und ich erkenne ihn. »Sie schon wieder«, entfährt es mir aufgebracht, obwohl ich mir durchaus bewusst bin, dass ich es bin, die einen Fehler gemacht hat. Aber sein überhebliches Grinsen bringt mich aus irgendeinem Grund auf die Palme.

»Mir ist nichts passiert, danke der Nachfrage. Das wolltest du doch fragen, bevor du gesehen hast, dass ich es bin, oder?«

Jetzt wird sein Grinsen noch breiter und wirkt außerdem süffisant. Der hält sich wohl für den Tollsten.

»Ich könnte mich nicht erinnern, Ihnen das Du angeboten zu haben«, sage ich eingeschnappt, während ich zurück zu meinem Wagen gehe und mich beeile, von diesem Typen wegzukommen. Noch ein paar Meter weiter kann ich sein Lachen hören. Er macht sich tatsächlich lustig über mich.

Gut, zugegeben, ich habe mich jetzt schon zum zweiten Mal vor ihm lächerlich gemacht. Auch der Unfall mit seiner Harley war mir mehr als unangenehm. Ich war tierisch erleichtert, als ich gesehen habe, dass sie nichts abbekommen hat. Doch irgendetwas hat dieser Kerl an sich, das mich jedes Mal rasend macht. Dabei bin ich sonst ein sehr umgänglicher Mensch und selbst wirklich anstrengende Kunden können mich nicht aus der Reserve locken. Ich wüsste also nicht, wann ich jemals zuvor derartig auf einen Menschen reagiert habe.

Jetzt habe ich allerdings keine Zeit, um weiter darüber nachzudenken. Erneut hole ich meine Einkaufsliste hervor, diesmal darauf bedacht, meine Umgebung im Blick zu behalten, und suche alle Dinge zusammen, die ich brauche. Am Ende landen dann nur leider doch auch wieder Artikel in meinem Wagen, die nicht auf der Liste standen. Es ist immer das Gleiche und ich habe leider noch keinen Weg gefunden, all den tollen Sachen erfolgreich zu widerstehen. Eine Liste hilft offenbar auch nicht. Für das nächste Mal muss ich mir also eine neue Strategie überlegen. Wobei ich mir, nachdem ich bezahlt habe und nun vor meinem Auto stehe, wünschte, ich hätte sie schon gefunden.

Das bekomme ich im Leben nicht alles in den Kofferraum. Trotzdem versuche ich es und stopfe einen Karton nach dem anderen hinein, was nur leider dazu führt, dass sich die Heckklappe nicht schließen lässt und ich nicht mehr auf den Fahrersitz passe, so weit, wie ich ihn nach vorne schieben musste. Verdammt. Ich hole mein Handy aus der Tasche, wähle Laurens Nummer und hoffe, dass sie um diese Uhrzeit schon wach ist. Als es läutet und ich darauf warte, von ihrer Stimme begrüßt zu werden, sehe ich diesen Kerl von der Strandbar aus dem Home Depot kommen. Sein Wagen ist ebenfalls gut befüllt und ich komme nicht darum herum, mich zu fragen, wofür er all das braucht. Schließlich ist er nur ein Tourist oder habe ich mich da etwa geirrt? Jedenfalls habe ich im Moment keine Lust, das herauszufinden und noch einmal mit ihm zu reden. Deshalb drehe ich ihm in der Hoffnung, nicht von ihm erkannt zu werden, den Rücken zu.

»Kann ich Ihnen helfen?«, höre ich ein paar Momente später eine Stimme hinter mir, die das Wort »Ihnen« deutlich betont. Er hat mich also doch gesehen.

Ich drehe mich zu ihm um, deute auf mein Handy, um ihm zu signalisieren, dass ich keine Zeit für ihn habe, und wende ihm wieder den Rücken zu. Doch langsam muss auch ich einsehen, dass es schon viel zu lange läutet. Es ist zwecklos. Mit einem Seufzen nehme ich das Telefon vom Ohr und starre darauf, als könnte es mir wie durch ein Wunder eine Antwort geben.

»Ich kann gerne einige Ihrer Sachen mitnehmen. Mein Pick-up ist ziemlich groß, ich habe noch Platz.« Erschrocken drehe ich mich erneut um und sehe den Typen verwirrt an, der meine Abfuhr offenbar einfach ignoriert hat. »Und ich versichere Ihnen, ich bin nicht rachsüchtig und werde Ihre Artikel unbeschadet nach Hause bringen«, lächelt er mich an. Meine Stirn zieht sich in Falten, als ich ihn misstrauisch begutachte. Er sieht mir nicht aus, als wäre er ein Serienkiller, und eine andere Wahl habe ich leider nicht.

»Also gut. Wenn Sie diese beiden großen Pakete für mich mitnehmen könnten, wäre das wirklich hilfreich«, sage ich zu ihm, während ich in meinen Kofferraum und auf die größten Kartons deute, die ohnehin nur schwer zu übersehen sind.

»Alles klar«, sagt er ohne weitere Diskussionen, hebt die Teile der Kommode aus meinem Wagen, als würden sie nichts wiegen, und hievt sie auf seinen Einkaufswagen, was seine Muskeln spielen lässt. Ich ertappe mich dabei, ihn anzustarren, und wende mich etwas von ihm ab, um nicht auch noch dabei erwischt zu werden. Als er fertig ist, dreht er sich wieder zu mir um. »Jetzt darf ich aber auch ›Du‹ sagen, oder?«, grinst er mich mit diesem Lächeln an, das mich schon mehrmals hat emotional werden lassen. Doch diesmal schlucke ich es einfach runter. Schließlich macht er mir einen riesigen Gefallen, indem er meine Pakete mitnimmt.

»Okay. Ich bin Demi«, reiche ich ihm die Hand, um allen Höflichkeitsfloskeln gerecht zu werden und das vorläufige Friedensangebot anzunehmen. Womit ich nicht gerechnet habe, ist, dass mir diese unschuldige Berührung derart unter die Haut gehen würde. Nicht auszudenken, wie es sich anfühlt, seine Hand an anderen Stellen meines Körpers zu spüren. Als ich meinen Blick von unseren Händen bis zu seinem Gesicht gleiten lasse, erneut sein Lächeln und auch noch diese eisblauen Augen sehe, spüre ich, wie mir die Röte in die Wangen schießt. Habe ich ernsthaft gerade an intime Berührungen von ihm gedacht? Schnell ziehe ich meine Hand zurück.

»Ähm, also, du wirst noch meine Adresse brauchen, oder?«, stammle ich vor mich hin.

»Ja, das wäre sicher von Vorteil, wenn du möchtest, dass deine Sachen sicher bei dir ankommen. Ich bin übrigens Adam. Sollte ich dir doch abhandenkommen«, sagt er mit diesem verschmitzten Grinsen.

Also sage ich ihm, wohin er fahren muss und wir verabschieden uns erst einmal wieder. Völlig durcheinander steige ich in mein eigenes Auto ein und fahre zu meinem Laden.

12

DEMI

»Wer war das denn?«, begrüßt Lauren mich, als sie auf den Laden zukommt. Adam ist gerade wieder gefahren, aber sie dürfte doch noch einen Blick auf ihn erhascht haben.

»Der Typ von der Strandbar«, sage ich darum bemüht, es so nebensächlich wie möglich klingen zu lassen.

»Du meinst den Harleyfahrer? Was wollte der denn hier?«

Natürlich bohrt Lauren nach. Wie konnte ich nur davon ausgehen, sie würde einfach so hinnehmen, einen gut aussehenden Kerl von hier wegfahren zu sehen. Und das auch noch um diese Uhrzeit. Erst jetzt wird mir bewusst, wie das auf sie wirken muss.

»Wir haben nicht ... Also, nicht, dass du glaubst

…«, stammle ich vor mich hin, was Lauren nur zum Lachen bringt.

»Schon klar. Du hast die Nacht nicht mit diesem heißen Typen verbracht, wie ich dir geraten habe. Verstanden. Wobei du dich vor mir nicht rechtfertigen müsstest«, sagt sie mit einem Augenzwinkern und geht an mir vorbei in den Laden.

»Aber irgendetwas wird er hier gewollt haben«, führt sie die Unterhaltung fort, nachdem ich ihr gefolgt bin.

Seufzend gebe ich zu: »Ich habe ihn im Home Depot getroffen. Er hat mir geholfen, die Sachen hierher zu bringen.« Mit einer Hand deute ich auf die Kartons, die wir gemeinsam in einer Ecke verstaut haben, bevor ich sie heute am Abend auspacken werde.

»So, so. Gut aussehend und hilfsbereit. Nicht schlecht.«

Leider, oder vielleicht auch zum Glück, komme ich nicht mehr dazu, auf Laurens Anspielung zu reagieren, denn die erste Kundin des Tages betritt in diesem Moment den Laden.

Bis zu unserer Mittagspause sind wir so beschäftigt, dass wir unser Gespräch nicht weiterführen können, was mir nur ganz recht ist. Dabei geht mir dieser Mann aber nicht aus dem Kopf und ich habe keine Ahnung, woran das liegen könnte. Immer wieder muss ich an die peinlichen Situationen denken, in die ich in seiner Anwesenheit schon gekommen bin. Ich kann nur hoffen, ihn nicht so schnell wiederzusehen. Adam muss denken, ich wäre ein vollkommener Tollpatsch. Oder eine Idiotin, je nachdem, worauf er sich festlegen will. Auf meine Taten oder meine Reaktionen darauf. Denn ich muss zugeben, dass ich nicht sonderlich nett zu ihm war. Umso verwunderlicher ist es, dass er mir trotzdem mit meinen Paketen geholfen hat.

Als die Uhr unsere Mittagspause ankündigt, bin ich diesmal sehr froh, das Essen für uns beide besorgen zu können. So komme ich hier für ein paar Minuten raus und kann meine Gedanken ein wenig ordnen.

»Für dich wieder den Hummersalat oder isst du endlich mal etwas anderes?«, frage ich meine Mitarbeiterin verschmitzt.

»Nein, nein, der Salat passt schon. Ich bin halt ein Gewohnheitstier«, grinst Lauren mich an und obwohl ich lachen muss, schüttle ich den Kopf. Dann schnappe ich mir meine Tasche, verabschiede mich von ihr und fahre mal wieder in die Strandbar.

So oft, wie ich in letzter Zeit unser Mittagessen von dort geholt habe, würde ich Andrew zutrauen, schon auf dem Parkplatz mit dem Essenspaket auf mich zu warten. Als ich vorfahre, sehe ich allerdings nicht den Barbesitzer, sondern Adams Harley und, oh, den Pick-up, mit dem er bei Home Depot war. Erst jetzt schaue ich ihn mir genauer an und erkenne, dass es sich dabei um Andrews Auto handelt. Was es damit wohl auf sich hat?

Ich gehe in die Küche, wo ich meinen alten Freund vorfinde, bestelle erst einmal Laurens und mein Mittagessen und versuche, ihn dann so unauffällig wie möglich auf Adam anzusprechen.

»Andrew, ich habe diesen Touristen heute bei Home Depot mit deinem Pick-up gesehen ...« Den Rest des Satzes lasse ich in der Luft stehen, in der Hoffnung, Andrew würde mir auch so eine Antwort auf die Frage liefern, die mir auf dem Herzen liegt. Und tatsächlich, bereitwillig erzählt er mir alles.

»Du meinst Adam? Der hat mir angeboten, das Motel zu renovieren. Anscheinend hat er Erfahrung auf dem Gebiet. Jedenfalls stellt er sich bis jetzt nicht dumm an und hatte echt ein paar gute Ideen.«

Das überrascht mich. Ich hätte gedacht, er ist einer der Touristen, die nur auf Brautschau hier sind.

»Bleibt er denn überhaupt so lange? Ich meine, er ist doch auf Urlaub hier, oder?«

Andrew lässt von seiner Pfanne ab, wirft sich ein Küchentuch über die Schulter und kommt auf mich zu, während er mich genau mustert. Oh nein. Ich bin mit meinen Fragen wohl zu weit gegangen.

»Du hast doch seine Harley angefahren. Und jetzt hast du ihn im Home Depot getroffen? Habt ihr euch miteinander unterhalten?«, fragt er mich.

»Ähm, ja. Ich habe nicht alle Kartons in mein

Auto bekommen und er hat mir geholfen«, gebe ich offen zu.

»So, so.«

»Was soll das heißen: ›So, so‹? Darf ich keine Hilfe mehr annehmen?«

»Doch, natürlich darfst du«, sagt Andrew, ohne weiter darauf einzugehen, wie er seinen Ausspruch gemeint hat.

»Und was meintest du dann?«

»Ach nichts.«

Mit diesen Worten dreht er mir einfach wieder den Rücken zu und geht zurück an den Herd, wo er grinsend und pfeifend mein Mittagessen fertig zubereitet.

»Adam ist echt ein netter Kerl«, sagt er plötzlich aus dem Nichts heraus, als er die beiden Gerichte in Boxen abfüllt, damit ich sie transportieren kann, und ich glaube ihm sogar. Welcher Mann, der nicht nett ist, würde sonst seinen Urlaub dafür opfern, um einem Fremden dabei zu helfen, sein Motel zu renovieren? Doch anstatt ihm zu antworten, nicke ich nur und verabschiede mich nachdenklich mit dem Mittagessen in meiner Hand von ihm.

13

ADAM

Als ich Andrew gerade um ein Mittagessen bitten wollte, habe ich mitbekommen, dass Demi bei ihm war und die beiden sich unterhielten. Normalerweise ist es nicht meine Art, Gespräche zu belauschen. Aber diesmal konnte ich nicht widerstehen. Diese Frau zieht mich aus irgendeinem Grund an. Jedenfalls dürfte sich ihre Abneigung mir gegenüber langsam, aber sicher auflösen, weshalb ich beschlossen habe, ihr nach getaner Arbeit einen Besuch abzustatten.

Deshalb befinde ich mich gerade auf dem Weg zu ihrem Laden, obwohl ich eigentlich die Finger von Frauen lassen wollte. Zumindest für die Zeit, in der ich hier bin. Nun ja, ein Mann kann es sich auch anders überlegen. Außerdem ist das mit ihr irgendwie etwas anderes. Ich kann es nicht beschreiben. Jedenfalls laufe ich schon nicht

Gefahr, sie gleich heiraten zu müssen. Immerhin trennen unsere Wohnorte einige Kilometer voneinander. Sie wird also sicher nicht auf falsche Gedanken kommen, sollte sie sich überhaupt mit einem Touristen einlassen.

Als ich ankomme und den Laden betrete, ist Demi gerade mit einem Kunden beschäftigt. Sie wirkt völlig entspannt und verliert für keine Sekunde das ehrliche Lächeln in ihrem Gesicht.

»Guten Tag. Wie kann ich Ihnen helfen?« Widerwillig löse ich meinen Blick von Demi und sehe in die Richtung, aus der die Stimme kam, die mich gerade angesprochen hat. Die kleine Blondine wirkt schon eher wie eine der Frauen, die ich aus New York kenne. Zwar hat sie keine aufgespritzten Lippen und, soweit ich feststellen kann, auch keinerlei andere Körperteile, die bereits von einem Schönheitschirurgen bearbeitet wurden, aber es ist dieser Blick, mit dem sie mich ansieht. Bei ihr wäre es ein Leichtes, sie ins Bett zu bekommen.

»Ich warte auf Demi«, sage ich freundlich, aber zurückhaltend zu ihr und deute mit dem Kopf zu ihrer Kollegin.

»Verstehe«, wird ihr Grinsen jetzt noch breiter. »Sie können sich einstweilen gerne umschauen. Das wird noch eine Weile dauern«, klärt sich mich auf, bevor sie wieder hinter ihrem Tresen verschwindet. Dabei ist mir sehr wohl bewusst, dass sie mich für keine Sekunde mehr aus den Augen lassen wird. Ich wüsste zu gerne, was Demi ihr über mich erzählt hat, denn offenbar weiß sie, wer ich bin.

Es dauert tatsächlich ganze zwanzig Minuten, bis der Kunde, den Demi so ausführlich beraten hat, endlich bezahlt und den Laden verlassen hat. Mittlerweile kenne ich die Regale fast auswendig.

»Hi Adam. Brauchst du was?«, kommt Demi nun mit einem misstrauischen Blick auf mich zu, was dazu führt, dass ich sie noch süßer finde. Sofort stiehlt sich ein breites Lächeln auf mein Gesicht, das ich nicht mehr kontrollieren kann. Oh Mann. Ich muss echt dämlich aussehen.

»Eigentlich wollte ich dich fragen, ob du irgendetwas brauchst. Ich habe vor, morgen nach Sarasota in einen Laden zu fahren, den Andrew mir empfohlen hat. Wegen der Renovierung des Motels«, hänge ich an, da ich mit Demi noch nicht darüber gesprochen habe. Sie kann schließlich nicht wissen, dass ich ihr Gespräch mit dem Barbesitzer belauscht habe.

»Ja, ich habe schon gehört, dass du Andrew hilfst. Das ist sehr nett von dir. Aber was hat das mit mir zu tun?«

»Nun, da du heute auch bei Home Depot warst, dachte ich mir, der Laden könnte dir gefallen. Außerdem hab ich mich schlaugemacht. Es gibt dort ein Spezialgeschäft mit Kräutern, die angeblich schwer aufzutreiben sind.«

An dem plötzlichen Funkeln in Demis Augen

kann ich erkennen, dass ich sie an der Angel habe. Da sie hier im Geschäft Kräuter in Privatmengen verkauft, wird sie meinem Angebot kaum widerstehen können.

»Eigentlich wollte ich morgen zu meinem Vermieter. Ich erreiche ihn seit Tagen nicht und …« Sie bricht mitten im Satz ab, scheint abzuwägen. »Wann willst du los?«

»Ich dachte, ich fahre gleich in der Früh. Aber wenn du noch was zu tun hast, können wir auch später los«, biete ich ihr die Möglichkeit, erst noch ein paar Dinge erledigen zu können, bevor wir uns auf den Weg machen. Doch sie schüttelt den Kopf.

»Nein, schon gut. In der Früh ist in Ordnung. Wer weiß, ob ich ihn überhaupt erwische. Soll ich zu dir ins Motel kommen?«

»Ich kann dich auch gerne abholen, wenn du mir deine Adresse gibst.«

»Ich wohne hier.«

Jetzt ist es an mir, erstaunt zu schauen. »Hier im Laden?« Ich sehe mich um, kann aber beim besten Willen keine Tür finden, die in etwaige Privaträume führen würde.

»Darüber. Meine Wohnung liegt im ersten Stock«, grinst sie mich an. »Du dachtest doch nicht allen Ernstes, ich würde hier in meinem Geschäft wohnen, oder?«

»Na ja …«, sage ich und überspiele meine Unsicherheit mit einem Lachen, auf das sie sofort einsteigt.

»Also, dann hole ich dich gegen sieben Uhr ab? So sind wir dort, sobald der Laden aufsperrt.«

»Ja, ist gut«, willigt sie ein und ich kann mir nicht verkneifen, sie verschmitzt anzugrinsen.

Irgendetwas hat diese Frau und ich muss dahinterkommen, was es ist. Deshalb möchte ich so viel Zeit wie möglich mit ihr verbringen. Ich hoffe sehr, sie rechnet nicht damit, gleich nach dem Einkauf wieder nach Hause zu fahren.

14

DEMI

Adam ist überaus pünktlich, als er genau zwei Minuten vor sieben Uhr in der Früh bei mir klingelt. Offenbar habe ich mich wirklich in dem Kerl getäuscht. Ich dachte eher, er würde keine Party auslassen und vor Mittag nicht aus dem Bett kommen. Aber gut, er renoviert auch Andrews Motel, was ich ihm noch weniger zugetraut hätte, also lag ich mit meiner Einschätzung fast schon um hundertachtzig Grad falsch.

»Guten Morgen«, begrüßt mich Adam, als ich zu ihm nach unten komme, und hält mir galant die Tür des Pick-ups auf.

»Guten Morgen, Adam. Gut geschlafen?«, frage ich, um ihn ein bisschen besser einschätzen zu können. Wer weiß, vielleicht sieht er immer so umwerfend aus, nachdem er die Nacht durchgemacht hat.

»Sehr gut sogar. Sobald das Motel aufsperrt, werden die Gäste es lieben. Ich habe lange nicht mehr so gut geschlafen wie in dem alten Bett, das in einem der Zimmer steht. Und an der Matratze kann es nicht liegen, die ist ebenfalls schon in die Jahre gekommen und wird natürlich vor der Eröffnung ausgewechselt.« Er strahlt mich mit seinem einnehmenden Lächeln an, wobei mir auffällt, wie perfekt seine Zähne aussehen. Das ist so ein Spleen von mir. Ich finde, wie gepflegt die Zähne eines Menschen sind, sagt viel über seinen Charakter aus. Adams funkeln mich an, als wären sie aufgehellt, obwohl ich noch nie einem Mann begegnet bin, der dermaßen viel in sein Lächeln investiert hätte. Bei Frauen kommt das schon häufiger vor, aber dann eher bei Touristinnen. Port Charlotte ist, außerhalb der Ferienzeit, doch eher ein Wohnort für die ältere Generation. Das ist auch der Grund, weshalb ich meinen Laden unbedingt hier eröffnen wollte. Als ich hergekommen bin, um meine Oma zu pflegen, stellte ich fest, wie offen Bewohner für meine Kräutermischungen sind. Außerdem sind sie eine wirklich dankbare Kundschaft, mit der ich gerne zusammenarbeite.

»Wie kommt es eigentlich, dass du in deinem Urlaub einem Fremden dabei hilfst, sein Motel ins Laufen zu bekommen?«, stelle ich Adam die Frage, die mir schon länger im Kopf herumspukt.

»Ich bin spontan hierhergekommen, brauchte

ein Zimmer und Andrew hat mir von dem renovierungsbedürftigen Haus erzählt. So ergab eines das andere.«

Hm. Das ist nicht unbedingt eine zufriedenstellende Antwort, deshalb hake ich nach.

»Was machst du denn beruflich?«

»Ach, dies und das«, weicht er mir schon wieder aus. »Was ist mit dir? Seit wann hast du deinen Laden schon?« Offenbar möchte er nicht über sich reden, was völlig in Ordnung ist. Während wir also nach Sarasota fahren, erzähle ich Adam von meinem Laden und meinem Traum, in den ganzen USA kleine Kräutershops zu eröffnen. Die meisten reagieren auf diese Ankündigung, indem sie sich lustig darüber machen. Zugegeben, es ist hoch gegriffen, erst einen Laden zu haben und schon von einem kleinen Imperium zu träumen. Aber wer klein denkt, wird auch nicht mehr bekommen. Zu meiner Überraschung dürfte das auch Adam so sehen.

»Das ist gar keine schlechte Idee. Die Menschen gehen immer bewusster mit ihrer Gesundheit um und viele verzichten gerne auf Medikamente, wenn sie sich auch mit Hausmittelchen, oder wie in deinem Fall, mit Kräutern helfen können. Hast du schon mal daran gedacht, in großen Hotels anzufragen?«

Tatsächlich habe ich das noch nicht. Aber die

Idee gefällt mir. Nur bin ich so überrumpelt von Adams Reaktion, dass es mir die Sprache verschlagen hat, was er anscheinend missversteht.

»Entschuldige bitte. Ich wollte dir nicht reinreden. Mir ist nur aufgefallen, dass Hotelketten öfter mit Shops Kooperationen eingehen und es schätzen, wenn an allen Standorten die gleichen Geschäfte angeboten werden.«

Ich schüttle meinen Kopf, um mich aus der Starre zu befreien.

»Nein, du hast recht. Ich muss mich entschuldigen. Ich habe eigentlich mit Gegenwehr oder einem unkontrollierten Lachen gerechnet. Das passiert mir meist, wenn ich anderen von meinen Träumen erzähle«, kläre ich Adam auf. »Aber deine Idee finde ich wirklich gut. Dass ich selbst noch nicht darauf gekommen bin ...«

Mein Begleiter zuckt mit den Schultern und zwinkert mir zu. »Freut mich, wenn ich dich auf was gebracht habe.«

Die restliche Fahrt über unterhalten wir uns über dies und das. Das Eis zwischen uns scheint jedenfalls gebrochen zu sein. Ich hätte wirklich nicht gedacht, dass sich hinter dem Harleyfahrer ein solch einfühlsamer Mensch verbirgt. Mal sehen, vielleicht bekomme ich in den nächsten Stunden doch noch etwas aus ihm heraus. Mich würde ehrlich interessieren, woher er kommt und was ihn zu uns nach Florida geführt hat. Im Moment ist er noch ein Buch mit sieben Siegeln für mich. Wobei ich zugeben muss, dass mich diese unnahbare Aura sehr anzieht. Ich sollte auf der Hut sein. Immerhin ist er nur zu Besuch hier.

15

DEMI

In Sarasota angekommen, haben Adam und ich uns erst einmal aufgeteilt. Da ich im Home Depot schon alles bekommen habe, was ich für den Laden brauche, und nur mitgefahren bin, weil Adam von dem tollen Kräutershop erzählt hat, wollte ich ihm und mir Zeit sparen. Was im Nachhinein gesehen auch wirklich gut war. Er hätte sich bestimmt gelangweilt und ich kann wirklich Stunden damit verbringen, an den diversen Kräutern zu schnuppern und die richtigen für meinen Laden auszusuchen.

Nach ungefähr zwei Stunden komme ich voll beladen bei unserem Auto an, wo Adam mit einem breiten Grinsen auf mich wartet.

»Du hast aber ordentlich zugeschlagen.«

Bei diesen Worten zucke ich leicht zusammen. Mein Ex hat es schon nicht gerne gesehen, wenn ich mich derartig für meinen Laden ins Zeug gelegt habe. Doch Adam bin ich keine Rechenschaft schuldig. Spitz antworte ich: »Wie oft habe ich schon die Gelegenheit, in einem solch tollen Laden einzukaufen?«

Als ich sehe, wie Adams Augenbrauen in die Höhe schnellen, bereue ich meinen Tonfall sofort. Immerhin war der Kräuterladen seine Idee und er hat mich extra mitgenommen. Das hätte er nicht tun müssen. »Danke, Adam, dass du mich mitgenommen hast«, sage ich versöhnlich und habe das Gefühl, ihm eine Erklärung zu schulden. »Bisher hatten die Männer in meinem Leben nicht viel Verständnis für meine Selbstständigkeit und dafür, wie ich mich für meinen Laden einsetze. Ich wollte nicht schroff sein.«

Mit ernster Miene mustert er mich. »Dann waren die bisherigen Männer in deinem Leben Idioten«, sagt er schlicht, nimmt mir die Tüten ab und verstaut sie im Auto, wo auch schon allerlei Kram für die Renovierung im Motel liegt.

»Hast du alles bekommen, was du brauchst?«, frage ich ihn neugierig.

»Ja, die sind hier wirklich gut ausgestattet.« Anstatt einzusteigen, bleibt Adam unschlüssig vor dem Pick-up stehen und reibt sich über seinen Nacken. Er wirkt fast ein bisschen verlegen.

»Was hältst du davon, wenn wir den restlichen Tag hier zusammen verbringen? Ich bin immerhin im Urlaub und habe noch nicht viel gesehen. Gerade Sarasota soll sehr schön sein«, rückt er mit seinem Vorschlag heraus und ich komme nicht umhin, ihn anzulächeln. Es ist ewig her, dass ich mir einen komplett freien Tag gegönnt habe. Noch dazu haben wir uns auf der Fahrt so gut verstanden. Einen Versuch ist es wert. Sollte er doch zu anstrengend werden, kann ich immer noch behaupten, ich müsse dringend nach Hause.

»Sehr gerne. Was hältst du davon, eine Kajaktour durch die Mangrovenwälder zu machen? Oder ins Mote Marine Aquarium zu gehen?«

»Wieso oder?«, entgegnet er und wir beide lachen. Es ist ein herrlicher Tag, wieso also nicht?

»Okay. Womit willst du anfangen?«

»Ich würde sagen, die Kajaktour. Ich hab zwar gerade einiges geschleppt, aber noch bin ich fit genug dafür.«

»Bist du sicher, dass wir von derselben Kajaktour sprechen? An der, die ich meine, nehmen sogar Kinder teil. Wenn du willst, können wir uns auch ein Tandem nehmen. Dann kannst du deine Muskeln schonen«, nehme ich ihn auf den Arm.

Adam sieht mich daraufhin verunsichert an.

»Okay, zugegeben, ich hab keine Ahnung, welche Art von Kajaktour du meinst.«

»Das wirst du schon sehen«, sage ich geheimnisvoll und lotse ihn zum Strand, wo sich der Treffpunkt für eine geführte Tour durch die Mangroventunnel befindet.

Als wir in unserem Kajak sitzen und die ersten Meter gefahren sind, staunt Adam nicht schlecht.

»Wow, ich wusste, dass es in Florida schön ist, aber damit habe ich nicht gerechnet.«

Dabei sind wir noch gar nicht in den von Bäumen umsäumten Tunneln und haben auch noch keine Delfine gesehen, die mit uns mit schwimmen. Adam kann sich also noch auf einiges gefasst machen. Allerdings werde ich mich hüten, ihm die Überraschung zu verderben.

Es dauert auch gar nicht lange, da gibt die Frau vor uns einen entzückten Laut von sich und deutet ins Wasser.

»Das sind ja Delfine«, zeigt sich auch mein Begleiter begeistert und ich bekomme das Grinsen nicht mehr aus meinem Gesicht. Das Erstaunen, das sich in Adams Miene abzeichnet, ist einfach unschlagbar. Und natürlich finde auch ich Gefallen an unseren tierischen Gefährten, obwohl ich eine solche Tour schon öfter gemacht habe. Wer kann denn auch einem Delfin widerstehen?

Aber auch sonst erweist sich der spontane Ausflug als voller Erfolg. Wir schippern gemächlich auf unserem Kajak durch die Natur, machen uns gegenseitig immer wieder auf irgendetwas aufmerksam, das wir sehen, und kommen aus dem Staunen gar nicht mehr raus. Die Natur ist hier einfach wunderschön und unser Gruppenleiter erzählt uns eine Menge Dinge, die selbst ich noch nicht über die hier ansässigen Tiere und Pflanzen wusste.

Alles in allem ist es unglaublich romantisch. Einmal abgesehen davon, dass ich mich in einem Kajak mit einem quasi Fremden befinde. Immerhin kenne ich Adam erst seit wenigen Tagen. Was weiß ich also schon über diesen Mann? Doch es fühlt sich aus irgendeinem Grund nicht so an. Ich ertappe mich sogar bei dem Gedanken, wie es wäre, tatsächlich mit ihm zusammen zu sein. Für Außenstehende muss es jedenfalls so wirken, als wären wir ein Liebespaar, wie wir in unserem Tandemkajak einträchtig vor uns hin paddeln, mit staunenden Augen und jeweils einem entspannten, ja, glücklichen Lächeln im Gesicht.

Diese Stimmung begleitet uns auch weiterhin, als wir nach unserer Tour wieder am Strand ankommen und unsere Paddel abgeben müssen.

»Und jetzt auf ins Aquarium?«, fragt Adam mich verschmitzt, als wäre es ein geheimer Ort, der nur uns gehört.

Ich nicke und lachend machen wir uns auf den Weg. Dort, in dieser eigenartigen Unterwasserwelt, kommen wir auch wieder dazu, uns zu unterhalten.

»Willst du mir jetzt vielleicht verraten, woher du kommst und was du normalerweise machst, wenn du nicht gerade Urlaub hast?«, nutze ich die Chance, mehr über diesen Mann zu erfahren, doch im nächsten Moment tut es mir schon wieder leid. Das Lächeln, das ihm so gut steht, verschwindet nämlich aus seinem Gesicht und seine Stirn legt sich in Falten. Doch nachdem er einmal tief eingeatmet hat, antwortet er.

»Ich bin aus New York. Und um ehrlich zu sein, befürchte ich, war deine erste Einschätzung, was mich betrifft, nicht ganz falsch. Aber ich bin hierhergekommen, um mir über einiges klar zu werden und mein Leben zu ändern.«

»Du bist also wirklich ein eingebildeter Schnösel?«, ziehe ich ihn auf, um die Stimmung wieder ein wenig zu heben.

»Zumindest habe ich lange gelebt wie einer, ja«, steigt er mit einem schiefen Grinsen darauf ein.

Froh darüber, die Stimmung mit meiner Fragerei nicht ganz verdorben zu haben, wechsle ich dann doch das Thema und zeige auf eine Wasserschildkröte, die gerade an uns vorbeigeschwommen kommt.

»Sind die nicht süß? Ich könnte den ganzen Tag hier verbringen.«

»Es gibt auch etliches zu sehen. Ich wusste nicht, wie groß das alles hier ist.«

»Du warst also noch nie in Sarasota?«

»Doch, die Firma meines Vaters ...« Für einen Moment kommt Adam ins Stocken, räuspert sich aber dann und fährt fort. »Ich war schon mal hier, hatte aber keine Zeit für Sightseeing. Umso glücklicher bin ich darüber, dich mitgenommen zu haben. So habe ich meinen eigenen Fremdenführer dabei«, scherzt er.

»Das ist also der Grund, weshalb ich mit durfte. Und ich dachte, du würdest meine Gesellschaft schätzen«, gebe ich gespielt entrüstet zurück, muss im nächsten Moment aber auch schon lachen.

»Die schätze ich sehr«, sagt Adam, plötzlich in einem ernsten Tonfall und die Luft zwischen uns beginnt zu knistern. Oder bilde ich mir das nur ein?

Verlegen, weil ich keine Ahnung habe, wie ich darauf reagieren soll, sage ich mit heiserer Stimme: »Der Tag ist noch jung. Wobei ...« Ein Blick auf die Uhr zeigt mir, dass es bereits später Nachmittag ist. Wir halten uns hier im Aquarium wohl schon wesentlich länger auf, als ich dachte. »Hast du Hunger?«, frage ich Adam deshalb und im gleichen Moment beginnt mein Magen zu knurren.

»Jetzt, wo du es sagst.«

»Gut. Zufällig kenne ich nämlich ein ausgezeichnetes Lokal in der Nähe. Mit dem Auto brauchen wir nur fünf Minuten hin.«

»Die Fütterung unserer Otter beginnt in zehn Minuten«, lässt uns eine Stimme durch die Lautsprecher wissen und mein Entschluss, so schnell wie möglich in ein Restaurant zu kommen, gerät ins Wanken. Adam dürfte meine Gedanken erraten haben.

»Zuerst die Otter, dann das Essen?«

Dankbar nicke ich und so kommt es, dass wir mit knurrenden Mägen einer Fütterung beiwohnen. Doch das Spektakel ist es allemal wert. Auch als wir eine Stunde später doch endlich im Auto sitzen, kann ich meine Begeisterung nicht zurückhalten.

»Dieser kleine Babyotter. Als er den Fisch im Maul hatte, der fast größer war als er selbst. War das nicht herzallerliebst?«, schwärme ich vor mich hin.

»Ja, der war wirklich süß«, gibt auch Adam zu, dem ich bis vor einem Tag nicht zugetraut hätte, dass er sich überhaupt für Tiere interessiert. »Jetzt bin ich aber froh, wenn auch wir langsam etwas zu essen bekommen.«

Entschuldigend sehe ich ihn an. »Tut mir leid. Ich hätte auch ein anderes Mal den Ottern zuschauen können.«

»Nein, nein. Ich wollte es doch auch sehen. Aber mein Magen protestiert bereits heftig. Was ist das denn für ein Restaurant, in das wir fahren?«

»Der Dry Dock Waterfront Grill wird dir gefallen. Es gibt alles, was das Herz begehrt. Dein Magen wird also sicher gleich zufrieden sein«, lasse ich ihn wissen, als wir bereits kurz vor dem Parkplatz sind. Der Weg war wirklich sehr kurz, hätten wir nicht das Auto gebraucht, um anschließend nach Hause fahren zu können, wäre ein Spaziergang ebenso möglich gewesen.

Wir finden auch gleich einen freien Tisch direkt

am Wasser und werfen einen Blick in die Speisekarte.

»Du hast nicht zu viel versprochen«, sagt Adam erstaunt und ich sehe ihm an, wie ihm das Wasser im Mund zusammenläuft. Mir geht es allerdings nicht anders. Seit dem Frühstück habe ich nichts mehr gegessen. Und das liegt doch sehr lange zurück. Ein Wunder, dass sich der Hunger nicht schon viel früher bemerkbar gemacht hat.

Ich bestelle Linguine mit Meeresfrüchten und Adam ein Ribeye Steak. Es dauert nicht lange, da werden uns die Köstlichkeiten auch schon serviert und man merkt, wie hungrig wir gewesen sind, denn keiner spricht auch nur ein Wort. Dafür ist die Unterhaltung nach dem Essen umso interessanter.

Adam erkundigt sich nach meinem Laden und scheint sich ehrlich für meinen Job zu interessieren. Doch wir reden auch über unsere Hobbys, Freunde und Familie, wobei mein Begleiter bei dem letzteren Thema sehr zurückhaltend ist.

»Du sprichst nicht gerne über deine Familie«, stelle ich nach einiger Zeit fest.

»Nicht unbedingt. Ich liebe meine Eltern, aber wir kommen nicht immer sonderlich gut miteinander aus. Mein Dad lebt für seine Firma, während meine Mum darunter leidet, die meiste Zeit ohne ihn auskommen zu müssen. Als Kind habe ich ihn nicht sonderlich oft gesehen.«

»Das tut mir leid.«

Adam macht eine wegwerfende Handbewegung. »Ach, schon gut. Ich bin mittlerweile erwachsen und komme damit klar, aber ich habe mir geschworen, nie so zu werden wie mein Dad. Was dazu geführt hat, dass mein Leben ziemlich oberflächlich geworden ist.«

»Inwiefern?«, hake ich nach.

»Na ja ...«, beginnt Adam und fährt sich durchs Haar. »Das klingt albern, aber ich habe die feste Regel, es mit Frauen bei einer Nacht zu belassen. Das ist allemal besser, als sie früher oder später zu enttäuschen.«

Nachdenklich sehe ich diesen unglaublich attraktiven Mann an. Mit seinem Aussehen und der selbstbewussten Ausstrahlung wickelt er bestimmt einige Frauen um den Finger. Und ich kann mir vorstellen, dass es vielen sogar egal ist, wenn sie nur eine Nacht mit ihm bekommen.

Adam dürfte meine Stille falsch gedeutet haben, denn er versucht, sich zu rechtfertigen: »Versteh mich nicht falsch, ich bin kein Unmensch. Die Frauen wissen, worauf sie sich bei mir einlassen.«

»Du sagst ihnen also, bevor du sie mit in dein Bett nimmst, dass es eine einmalige Sache bleiben wird?«

»Ja. Ich spiele mit offenen Karten.«

»Und du hast nie das Verlangen nach einem Menschen, mit dem du dein Leben teilen kannst? Weil, Adam, nur weil dein Dad deine Mum alleine gelassen hat, heißt das nicht, dass du es ihm nachmachen musst.«

Mein Tischnachbar atmet hörbar aus. »Ich weiß. Du hörst dich an wie Blake, mein bester Freund.«

»Du hast einen klugen Freund«, sage ich und schmunzle, was auch Adam zum Lachen bringt.

»Wie sieht es bei dir aus? Es kann doch nicht sein, dass alle Männer, die du kennenlernst, solche Schlappschwänze sind, dass sie sich von dir und deiner Arbeit eingeschüchtert fühlen.«

»Vielleicht nicht alle. Aber nach meinem letzten Freund habe ich nicht mehr versucht, jemanden kennenzulernen.«

»Siehst du. Wir sind also gar nicht so verschieden«, grinst mich Adam verschmitzt an.

»Mit dem Unterschied, dass ich noch nie einen One-Night-Stand hatte«, schießt es aus mir heraus und ich spüre im nächsten Augenblick, wie ich rot anlaufe.

»Das hätte ich von dir auch nicht erwartet.« Mit einem ernsten, aber trotzdem sanften Blick sieht mir Adam direkt in die Augen, was unerwarteterweise Schmetterlinge in meinem Bauch zum Tanzen bringt. Die Luft zwischen uns ist plötzlich elektrisch geladen. Wenn er sich jetzt ein Stück näher zu mir beugen und mich küssen würde, könnte ich nicht widerstehen und würde alle meine Vorsätze über Bord werfen. Doch er tut nichts dergleichen und der Moment verfliegt.

Nervös räuspere ich mich. Weil ich keine Ahnung habe, was ich jetzt tun oder sagen soll, werfe ich einen Blick auf die Uhr. Erstaunt stelle ist fest, dass es bereits kurz vor Mitternacht ist.

»Puh, da haben wir wohl die Zeit vergessen«, sage ich zu Adam, der daraufhin ebenfalls nach der Uhrzeit sieht und erstaunt die Augenbrauen in die Höhe zieht.

»Die Zeit ist aber schnell vergangen.«

»Das kann man wohl sagen.«

»Na ja …«, druckst er herum und fährt sich mit der Hand über den Nacken. »Also, nicht, dass du das falsch verstehst, Demi. Aber es ist schon ganz schön spät und ich möchte nur ungerne zu dieser Zeit den Weg nach Hause antreten«, druckst er herum.

»Ach was. Ist doch klar. Außerdem hätte ich auch mal früher auf die Uhr sehen können. Wollen wir in Sarasota übernachten?«, frage ich Adam und spüre, wie ich bei den letzten Worten schon wieder rot anlaufe. Das hört sich doch irgendwie so an, als hätte ich ihm gerade angeboten, die Nacht gemeinsam zu verbringen. Was nicht so weit hergeholt ist, immerhin wird es darauf hinauslaufen, wenn auch in zwei verschiedenen Zimmern.

»Kennst du denn ein gutes Hotel?«

»Nein, aber die Stadt ist groß. Wir werden schon eines finden«, sage ich optimistisch, obwohl das in der Hauptsaison gar nicht so sicher ist.

16

ADAM

»Wir haben leider nur noch ein Zimmer übrig. Aber, wenn ich das anmerken darf, es dürfte wohl das letzte freie Zimmer in der ganzen Stadt sein.«

Das habe ich mir fast gedacht. Wir waren immerhin schon in sechs anderen Hotels, immer ohne Erfolg. Ich werfe Demi einen fragenden Blick zu und komme nicht umhin, zu bemerken, wie sie sich windet.

»Wenn du möchtest, fahre ich uns auch nach Hause«, biete ich ihr eine Alternative an.

»Nein, schon gut. Das ist doch lächerlich. Es ist mitten in der Nacht«, winkt sie ab und wendet sich an den Concierge. »Wir nehmen das Zimmer.«

Als sie in ihrer Tasche nach der Geldbörse kramt, lege ich meine Hand auf ihre. »Lass nur. Ich mach das. Schließlich bin ich derjenige, der nicht mehr fahren möchte.«

»Das kommt überhaupt nicht infrage. Wir haben beide die Zeit übersehen.«

»Und ich verbringe meinen ganzen Urlaub umsonst bei Andrew. Diese Nacht kostet mich wesentlich weniger, als ich für zwei Wochen in Port Charlotte ausgegeben hätte.«

Zwar will ich nicht den Multimillionär raushängen lassen, aber in Anbetracht dessen, dass ich an einem Abend in New York für gewöhnlich wesentlich mehr Geld ausgebe, als mich diese Nacht kostet, kann ich unmöglich Demi bezahlen lassen. Kurz bin ich versucht, ihr zu erzählen, wer ich wirklich bin. Aber ich genieße es zu sehr, von ihr so behandelt zu werden, als wäre ich ein ganz normaler Kerl. Für gewöhnlich haben es die Frauen auf meinen Status, mein Geld oder manche einfach nur auf mein Aussehen abgesehen. Bei Demi ist das anders. Ich habe das Gefühl, sie mag mich meiner selbst willen. Ihr muss ich nichts vorspielen. Klar, hier sieht mein Leben anders aus als zu Hause. Ich gehe nicht jeden Tag in einen anderen Klub und reiße Frauen auf. Aber aus irgendeinem Grund habe ich auch gar nicht das Verlangen danach. Zum ersten Mal seit Langem fühle ich eine tiefe innere Ruhe. Als wäre ich angekommen. Die Renovierungsarbeiten machen mir Spaß. Und Demi ist eine Frau, mit der ich mich tatsächlich gerne unterhalte. Ich finde interessant, was sie zu sagen hat und wie sie denkt. Sie ist so unverfälscht und echt. Ganz anders als die Frauen, mit denen ich sonst zu tun habe, die mir nach dem Mund reden, um mir zu gefallen und keine eigene Meinung haben.

Ich hole meine Brieftasche hervor und bin bedacht darauf, nicht meine Platinkarte zu benutzen. Zum Glück habe ich daran gedacht, genug Bargeld einzustecken. Die Widerworte von Demi überhöre ich einfach und überreiche dem Concierge das Geld, der mir im Gegenzug unseren Schlüssel gibt.

»Das Zimmer liegt im zweiten Stock. Ich wünsche Ihnen einen angenehmen Aufenthalt.«

»Danke«, sagen Demi und ich wie aus einem Mund und gehen danach zum Fahrstuhl.

Das Zimmer ist groß. Trotzdem gibt es nur ein Bett. Unentschlossen bleibt Demi bei der Tür stehen.

»Ich nehme die Couch«, sage ich, um einen gelassenen Tonfall bemüht und lasse mich rücklings auf eben jene fallen. Autsch. Bequem ist anders. Aber für eine Nacht wird das schon gehen.

»Das kann ich nicht zulassen, Adam. Du hast das Zimmer bezahlt und jetzt soll ich auch noch im weichen Bett schlafen, während du die Nacht auf dem viel zu kleinen Sofa verbringst?«

Kurz habe ich Hoffnung, sie würde mir anbieten, die Nacht gemeinsam im Bett zu verbringen, aber ich werde leider enttäuscht.

»Du kannst das Bett nehmen und ich schlafe auf dem Sofa. Ich bin viel kleiner als du.«

»Auf gar keinen Fall«, protestiere ich, während ich zu dem Bett gehe und mir Kissen und Decke hole, die ich gleich auf der Couch drapiere. Das wäre auch noch schöner. Ich würde mir wie der letzte Arsch vorkommen. »Du schläfst im Bett und damit basta. Ich bin schon mit viel unbequemeren Schlafsituationen zurechtgekommen«, flunkere ich.

»Also gut. Dann geh ich mal ins Bad. Oder willst du zuerst?«

Sie ist so süß, wie sie da, für sie völlig untypisch, unsicher steht und mich fragend ansieht.

»Geh du ruhig zuerst.«

Während Demi im Badezimmer ist, geht mir der Gedanke durch den Kopf, wie sie wohl in der Früh aussieht, wenn sie gerade erst aufgewacht ist, und ich freue mich richtig darauf, es morgen erleben zu dürfen.

Wenig später betritt Demi wieder den Raum und mir verschlägt es den Atem. Ich habe schon nacktere Frauen gesehen, aber dieses Exemplar ist einfach nur wunderschön. Sie trippelt schüchtern in Richtung Bett, während sie ein Handtuch um sich geschlungen hat, das mir nicht mehr ihrer Haut zeigt, als es ihr heutiges Outfit getan hat. Aber die Vorstellung alleine, dass sie darunter nackt ist, lässt

Gefühle in mir aufkommen, die gerade ganz und gar nicht angebracht sind. Ich gehe auf sie zu, weil ich einfach nicht anders kann.

»Keine Sorge, ich bin nicht nackt. Ich habe meine Unterwäsche darunter an«, beeilt sie sich zu sagen, und ich habe die Vermutung, sie hat meinen Blick vollkommen falsch gedeutet.

»Du bist wunderschön«, sage ich, als ich dicht vor ihr zum Stehen komme. Sie muss ihren Kopf heben, um mir in die Augen sehen zu können. Obwohl ich bemerke, wie unwohl sie sich gerade fühlt, nehme ich ihr Gesicht in beide Hände und küsse sie. Zunächst sanft, doch als sie ihn nach der ersten Schrecksekunde erwidert, werde ich leidenschaftlicher. Während unsere Zungen miteinander spielen, fahre ich mit meinem Zeigefinger zärtlich über ihren Hals, von ihrem Ohr hinab bis zu ihrem Schlüsselbein. Ein leises Stöhnen zeigt mir, wie sie die Berührung genießt. Deshalb fahre ich noch weiter nach unten, doch als ich an den Rand ihres Badetuchs komme, löst Demi sich von mir.

»Nicht«, bringt sie atemlos hervor und ich lasse sofort von ihr ab. »Es tut mir leid, aber das geht mir alles zu schnell«, versucht sie ihr Verhalten zu erklären.

»Schon gut«, beruhige ich sie, auch wenn es mir noch so schwer fällt. »Du musst nichts tun, was du nicht willst.« Obwohl diese Worte natürlich ernst gemeint sind, immerhin werde ich keine Frau dazu zwingen, mit mir zu schlafen, muss ich mich doch sehr beherrschen. Demi weckt eine Leidenschaft in mir, wie es noch keine vor ihr geschafft hat. Am liebsten würde ich sie sofort aufs Bett werfen, ihre Brüste liebkosen und sie mit meiner Härte nehmen. Deshalb drehe ich mich um und verschwinde im Bad, wo ich mir erst einmal eine kalte Dusche gönne.

17

DEMI

In der Nacht im Hotelzimmer habe ich kaum ein Auge zugemacht. Die ganze Nacht musste ich an den Mann denken, der nur wenige Meter von mir entfernt auf dem Sofa schlief. Es war ein Fehler hinzusehen, als er frisch geduscht und nur in seinen Boxershorts aus dem Badezimmer gekommen ist. Dabei konnte ich nämlich seinen durchtrainierten Oberkörper bewundern, den ich bei unserem leidenschaftlichen Kuss bereits fühlen durfte. Zusammen mit seinen stechend blauen Augen ist es kein Wunder, dass die Frauen reihenweise dahinschmelzen und sich auch auf seine doofen Regeln einlassen. Selbst ich musste mich zusammenreißen, um nicht doch noch aus dem Bett und auf ihn rauf zu springen. Vielleicht war es ein Fehler ihn abzuweisen. Doch wie mein Körper auf seine Berührungen reagiert hat, machte mir Angst. Er ist ein Tourist, außerdem hat er mich bereits darüber aufgeklärt, dass er nur für einmalige Sachen zu haben ist. Ich befürchte, darüber würde ich nicht hinwegkommen.

Dementsprechend angespannt ist auch die Stimmung heute früh zwischen uns. Wir sprechen kaum miteinander und haben einhellig beschlossen, ohne Frühstück zurück nach Port Charlotte zu fahren.

»Wenn du magst, fahr ich erst in die Strandbar und wir essen noch eine Kleinigkeit gemeinsam«, unterbricht Adam die Stille, als wir fast schon angekommen sind.

Ich weiß, ich sollte mir einfach eine Ausrede einfallen lassen, um so schnell wie möglich von ihm wegzukommen, aber er zieht mich magisch an. Deshalb nicke ich und bemühe mich darum, die Spannung zwischen uns ein wenig zu lösen.

»Wie hast du geschlafen? Dir muss doch alles wehtun von dieser Couch.«

»Ach, das geht schon. Wobei es mir durchaus lieber gewesen wäre, neben dir zu liegen.«

Mein Herz macht bei diesen Worten einen Sprung.

»Ja, das Bett wäre sicher bequemer gewesen. Tut mir leid, es war kindisch, dir nicht anzubieten, dich neben mich zu legen.«

Für einen kurzen Moment löst Adam seinen Blick von der Straße und sieht mir in die Augen. Ich kann seinen Ausdruck nicht deuten, spüre aber, wie ich rot anlaufe. Gerade eben habe ich noch daran gedacht, mich mit ihm gemeinsam im Bett zu wälzen. Hoffentlich sieht er mir meine Gedanken nicht an der Nasenspitze an. Doch selbst wenn es so ist, sagt er nichts, löst den Blickkontakt und fährt bereits auf den Parkplatz des Motels neben Andrews Strandbar.

»Wenn du nichts dagegen hast, würde ich nachher gerne noch ausladen, bevor ich dich zurück nach Hause bringe und die Sonne zu sehr brennt«, erklärt Adam, weshalb er nicht einfach vor der Bar stehen geblieben ist.

»Klar, kein Ding. Ich habe Zeit.«

Wir haben uns noch keine drei Meter auf die Bar zubewegt, da bleibt Adam abrupt stehen und hält mich fest.

»Komm mit«, flüstert er mir zu und zieht mich in Richtung Motel.

»Was ist los?«, frage ich ihn erstaunt.

»Da ist jemand, dem ich nur ungern begegnen würde«, erwidert er und fügt dann erklärend hinzu: »Ein Kollege meines Dads. Anscheinend sucht er nach mir und ich will meinen Urlaub wirklich nicht von ihm unterbrechen lassen. Gehen wir hier rein.«

Adam öffnet eine Tür und plötzlich finde ich mich eng an ihn gedrückt in einer Abstellkammer wieder. Das ist nicht gut. Gar nicht gut.

»Bist du dir sicher, dass das notwendig ist?«,

frage ich ihn und schlucke die Gefühle, die so an ihn geschmiegt in mir aufkommen, herunter.

»Er war gerade auf dem Weg ins Motel. Wenn er mich hier nicht findet, geht er bestimmt gleich wieder«, antwortet er mit heiserer Stimme und sieht mir dabei tief in die Augen.

Auf meinem gesamten Körper breitet sich eine Gänsehaut aus. Mein Herz rast und auch Adam muss hören, wie meine Atmung schneller wird.

»Ich kann das einfach nicht mehr«, sagt er, bevor er seine Arme um mich schlingt, sich zu mir runterbeugt und mir einen leidenschaftlichen Kuss gibt, den ich nur zu gerne erwidere.

Atemlos löst er sich nach einigen Sekunden von mir. »Entschuldige bitte, ich wollte nicht …«

Doch diesmal lasse ich ihn mir nicht entgehen und werfe alle Bedenken über Bord. Ich ziehe seinen Kopf wieder zu mir, um ihn gierig zu küssen. Meinen Körper presse ich noch enger an ihn, während er mich am Hintern packt und mich seinerseits näher zu sich zieht. Meine eine Hand liegt in seinem Nacken, mit der anderen schlüpfe ich unter sein Shirt, um den Oberkörper ohne störenden Stoff zu erkunden, den ich letzte Nacht bewundern durfte. Er fühlt sich warm und hart an.

In der gleichen Zeit schickt auch er seine Hände auf Reisen, fährt langsam meinen Bauch nach oben, bis er am Rand meines BHs ankommt, wo er eine kurze Pause einlegt. Als ich genüsslich aufstöhne, lässt auch er alle Bedenken fallen und schiebt das lästige Kleidungsstück nach oben, um im nächsten Moment meine Brust zu umfassen.

»Wir sollten das nicht hier tun«, sagt er atemlos zwischen zwei Küssen. Ich löse mich nur ungerne von ihm, als er vorsichtig die Tür öffnet, sich nach allen Seiten umsieht und mich schließlich mit sich in eines der Zimmer zieht, in dem ein großes, einladendes Bett auf uns wartet.

18

ADAM

Endlich kann ich meine Fantasien der letzten Nacht ausleben und sie fühlen sich noch besser an, als ich gedacht hatte. In meinem Schlafzimmer angekommen, kann ich es kaum erwarten, Demi endlich nackt vor mir zu haben. Doch ich lasse mir Zeit. Genüsslich befreie ich sie von ihrem Oberteil und werfe den lästigen BH, der ohnehin nicht mehr dort sitzt, wo er seine Aufgabe erfüllen kann, achtlos auf den Boden. Danach gehe ich vor Demi auf die Knie und küsse ihre nackten Oberschenkel, die noch in einer kurzen Short stecken. Mein Zeigefinger wandert das linke Hosenbein hinauf bis ich mit der Spitze an ihre empfindlichste Stelle komme. Federleicht fahre ich über den weichen Stoff ihres Slips, was ihr ein heiseres Stöhnen entlockt. Zufrieden grinse ich in mich hinein. Sie kann mir also doch nicht widerstehen.

Auf der Stelle wird meine Hose noch enger, als sie ohnehin schon ist und ich befreie Demi endlich von dieser lästigen Short, wodurch sie nur noch in einen Slip gekleidet vor mir steht. Ich lasse meinen Blick über ihre wohlgeformte Figur gleiten, stoße ein lüsternes Brummen aus und entledige mich im Eiltempo meiner eigenen Klamotten. Also Demi meinen Körper betrachtet, leckt sie sich gierig über die Lippen und geht nun ihrerseits auf die Knie. Mit beiden Händen umfasst sie meine Erektion, bevor sie mit ihrer Zunge die Spitze neckt. Ein lautes Stöhnen kommt aus meinem Inneren. Noch nie habe ich so heftig auf eine Frau reagiert. Trotzdem lasse ich sie eine Zeit lang gewähren, bevor ich sie schließlich packe und aufs Bett werfe. Jetzt bin ich dran.

Ich knie mich über sie und massiere ihre prallen Brüste, während ich gleichzeitig mit dem Mund näher komme und nacheinander ihre Nippel in meinen Mund sauge und mit der Zunge verwöhne.

»Adam.« Das Keuchen meines Namens aus ihrem Mund stichelt mein Verlangen nach ihr noch weiter an. Aber ich will sie erst darum betteln hören, bevor ich in sie eindringe. Deshalb gleite ich langsam mit meiner Zunge über ihren Bauch, hinunter zu ihrer Scham. Doch kurz vor ihrer empfindlichsten Stelle halte ich an, sehe Demi in die Augen und stelle mit Genugtuung fest, wie sehr sie sich nach mir verzehrt. Ihr Körper windet sich lüstern unter mir.

»Bitte«, stößt sie flehend hervor.

»Bitte was?«, frage ich, obwohl ich genau weiß, was sie von mir will.

»Nimm mich, Adam.«

Doch so schnell gebe ich nicht nach. Ich löse meinen Blick von ihr und wende mich ihrer Scham zu. Ganz sanft fahre ich mit meinen Fingern über ihre empfindlichste Stelle, bevor ich sie in sie eindringen lasse und ihre Feuchte spüre. Erneut stöhnt Demi genüsslich auf, was mich nur noch mehr anspornt. Ich ziehe meine Finger wieder zurück und verwöhne sie stattdessen mit meiner Zunge bis sie sich mir entgegen wölbt und ihr rascher Atem mir verrät, dass sie kurz davor ist zu kommen. Anstatt ihr diese Erleichterung zu gönnen, ziehe ich mich zurück. Jetzt noch nicht.

»Bitte, Adam. Nimm mich endlich«, bettelt sie erneut und diesmal werde ich ihr diesen Wunsch erfüllen.

Ich positioniere meine Erektion an ihrem Eingang und dringe mit einem kräftigen Stoß tief in sie ein, was Demi einen lustvollen Schrei entlockt. Sie greift nach mir und ich beuge mich zu ihr herab, um sie leidenschaftlich zu küssen, während ich langsam aber hart immer wieder zustoße. Ihre Nägel krallen sich in meinen Rücken und ihre Beine umschlingen mich immer fester. Sie stöhnt, wimmert und keucht. Mit einem Ruck hebe ich ihr Becken an, sodass ich noch tiefer in sie eindringen kann und knete dabei ihren festen Po. In der perfekten Position unserer Hüften wende ich mich wieder ihren Brüsten zu und massiere sie so fest, dass sie morgen vermutlich blaue Flecke davontragen wird. Aber ihr Stöhnen wird immer lauter, was mir zeigt, dass es ihr gefällt.

»Oh, Adam«, stößt sie aus, gefolgt von einem entladenden Schrei, der ihren Höhepunkt begleitet. Das Zucken ihres Unterleibs gibt auch mir den Rest. Nach wenigen schnellen Stößen entlade ich mich in ihr und komme auf Demis Körper zum Liegen.

»Oh Mann, das war ...«

»Sensationell«, beende ich ihren Satz, noch immer außer Atem.

Demi kuschelt sich dicht an mich und ich bin selbst verwundert darüber, weshalb der Drang, sie jetzt nach Hause zu schicken, ausbleibt. Im Gegenteil, ich genieße ihre Wärme, sauge ihren Duft ein und würde sie am liebsten nie wieder loslassen.

19

ADAM

Es ist bereits Mittag, als mich mein Handy aus dem Schlaf reißt. Nach der ersten Runde, in der wir all die angestaute Energie rauslassen konnten, haben wir uns noch ein weiteres Mal etwas mehr Zeit dabei gelassen, unsere Körper zu erkunden. Obwohl ich selbst lieber noch liegen bleiben würde, immerhin konnte ich in der Nacht wegen dieser heißen Frau im gleichen Zimmer kein Auge zumachen und die letzten Stunden waren ganz schön schweißtreibend, stehe ich schnell auf, um nicht auch noch Demi zu wecken. Bevor ich das Zimmer verlasse, um abzuheben, werfe ich der schlafenden Frau in meinem Bett noch einen sehnsüchtigen Blick zu.

»Blake, was gibts?«

»Hi Adam. Ich wollte dich nur vorwarnen. Dein Dad sucht nach dir.«

»Ja, ich weiß. Sein Handlanger ist vorhin hier herumgeschlichen. Ich konnte ihn abhängen«, antworte ich und muss dabei an den heißen Kuss in der Abstellkammer denken. Vielleicht sollte ich nach dem Telefonat eine Kleinigkeit zur Stärkung aus der Strandbar holen und Demi danach zu noch einer Runde überreden. Merkwürdigerweise habe ich überhaupt nicht das Verlangen, sie loszuwerden. Ganz im Gegenteil. Ich wünsche mir, dass sie ewig bleibt. Es hat mich offensichtlich voll erwischt. All meine Regeln sind bei dieser Frau vergessen. Ich möchte sie einfach nur um mich haben.

»Das hört sich nicht so an, als würde es dich stören«, muss Blake mir mein Grinsen angehört haben.

»Ich habe jemanden kennengelernt«, gebe ich deshalb zu und für einen Moment herrscht absolute Stille am anderen Ende der Leitung.

»Blake?«, frage ich nach, weil ich schon glaube, er hätte aufgelegt.

»Ja, ich bin dran. Sorry, ich glaub, ich hab mich verhört. Es klang so, als hättest du gesagt, du hast jemanden kennengelernt?«, fragt er ungläubig nach.

»Richtig. Demi. Sie ist umwerfend. Außerdem hast du mich durch deinen Anruf von ihr weggelockt, weshalb ich jetzt gerne auflegen und zurück zu ihr ins Bett gehen würde.«

»Oh Mann. Dieser Urlaub scheint dir richtig gutzutun«, lacht er in den Hörer, woraufhin ich den

Kopf schüttle und auflege, ohne mich zu verabschieden. Ich kann Blake auch noch später von Demi erzählen, jetzt will ich lieber die Zeit mit ihr genießen.

Doch bevor ich die Tür zu unserem Zimmer öffne, spüre ich das Handy in meiner Hand vibrieren. Augenrollend hebe ich ab.

»Blake, ich hab dir doch gesagt, ich geh jetzt zurück ins Bett«, maule ich in den Hörer, doch die Stimme, die danach zu mir dringt, ist nicht die von meinem besten Freund.

»Du solltest besser zurück nach New York kommen. Die Firma ist in Schwierigkeiten.«

»Dad. Was soll das heißen?«

»Ich weiß, wie du zu meinem, unserem Unternehmen stehst, Adam. Aber Harold hat Mist gebaut. Unser Wert sinkt, der Vorstand ist aufgebracht und ich brauche deine Hilfe.«

»Natürlich. Ich fliege heute noch zurück.«

»Danke, mein Sohn.«

Ich verabschiede mich von meinem Dad und auch, wenn ich nicht weiß, worum genau es gerade geht, bin ich mir doch darüber bewusst, dass er über seine Firma keine Witze macht. Er würde mich nicht durch einen Vorwand dazu bringen wollen, einzusteigen oder sie zu übernehmen. Deshalb ist die Lage bestimmt ernst.

Nachdenklich gehe ich zu Demi zurück und kann selbst nicht ganz fassen, was ich dabei bin, zu tun.

»Demi. Demi«, behutsam setze ich mich neben sie auf das Bett und versuche, sie zu wecken. Als ich ihr einen Kuss auf die Stirn gebe, öffnet sie langsam ihre Augen und strahlt mich mit ihrem umwerfenden Lächeln an, als sie mich erkennt.

»Adam. Wie spät ist es denn schon?«

»Es ist bereits Mittag.«

Ihre Augen werden groß und sie richtet sich eilig auf.

»Ich sollte langsam nach Hause fahren. Du hast bestimmt noch viel zu tun.«

»Du kannst so lange bleiben, wie du möchtest, Demi. Und glaube mir, am liebsten würde ich den Rest meines Urlaubs mit dir in diesem Zimmer verbringen, aber ich muss zurück nach New York.«

»Was? Wieso? Habe ich irgendetwas falsch gemacht?«, fragt sie mich aufgebracht.

»Nein. Du bist wundervoll«, versichere ich ihr und streiche ihr mit der Hand eine Strähne aus dem Gesicht. »Mein Dad hat gerade angerufen. Seine Firma ist in Schwierigkeiten und ich muss ihm helfen. Demi, sobald ich kann, komme ich wieder zurück. Ich gebe dir meine Nummer und du kannst mich jederzeit anrufen. Ich möchte, dass du weißt, wie viel mir die Zeit mit dir beutetet.«

Oh Mann, ich höre mich an wie der letzte Idiot. Sie muss denken, ich will sie abwimmeln. Wieso habe ich ihr auch unbedingt von meinen blöden

Regeln erzählen müssen? Das hier sieht für sie doch sicher so aus, als würde ich sie loswerden wollen.

»Schon gut, Adam. Ich vertraue dir«, sagt sie aber zu meiner Verwunderung.

»Ehrlich?«

Demi strahlt mich an und drückt mir einen Kuss auf den Mund. »Ehrlich. Aber ich verzeihe dir nur, dass du mich jetzt schon verlässt, wenn du dich gebührend von mir verabschiedest«, neckt sie mich. Diese Forderung kann ich ihr natürlich nicht verwehren.

20

DEMI

Das Wochenende mit Adam war traumhaft. Nur schade, dass wir uns in Sarasota zurückgehalten haben und er jetzt unerwartet zurück nach New York musste. Trotzdem bin ich gut gelaunt, als ich mich am Montag von Henry verabschiede und in den Laden gehe. Lauren ist noch nicht da. Dafür ist es viel zu früh. Allerdings wartet ein Kuvert auf mich, das irgendjemand durch den Briefschlitz geworfen haben muss. Merkwürdig.

Neugierig hebe ich den Brief vom Boden auf und erkenne auf den ersten Blick, dass er von Mr. Winter, meinem Vermieter, sein muss. Als ich die Zeilen überfliege, sackt das Blut aus meinem Kopf und mir wird schwindelig. Das kann nicht sein. Geschockt setze ich mich auf die erste Sitzgelegenheit, die ich finden kann, und lese die Worte noch einmal. Nur ändert sich auch beim zweiten Mal leider nichts an der Mitteilung, die mir mein Vermieter machen möchte. Mein Vertrag wird nicht verlängert. Bis zum Monatsende muss ich nicht nur aus dem Laden, sondern auch aus meiner Wohnung raus.

Noch immer kreidebleich greife ich zum Telefon und wähle in der Hoffnung, es handelt sich um einen fatalen Irrtum, sofort seine Nummer. Doch wie schon die Tage zuvor komme ich nur auf die Mobilbox. Jetzt reicht es mir aber. Wenn er mich hier raus haben will, wird er sich mir stellen müssen. Ich lasse mich doch nicht einfach so mittels Brief abservieren. Das wäre ja noch schöner.

Auf einmal wieder voller Tatendrang, vielleicht ist es auch purer Überlebensinstinkt, ich kann es nicht sagen, schnappe ich mir meine Tasche und mache mich auf den Weg zu seiner Wohnung. Natürlich nicht, ohne vorher Lauren eine Nachricht geschrieben zu haben, sie kann sich den Tag freinehmen. Das hier ist im Moment wichtiger. Denn wenn es wirklich stimmt, was in dem Brief steht, muss ich sowieso für immer schließen. Zielstrebig laufe ich zu dem Haus von Mr. Winter. Und wenn ich vor seiner Tür kampieren muss. Ich werde warten, bis er auftaucht und mir all das erklärt.

Doch so weit kommt es zum Glück nicht. Als ich klingele und zur Sicherheit auch noch gegen seine Eingangstür klopfe, während ich seinen Namen rufe, hat er offenbar Erbarmen mit mir.

»Schon gut, schon gut. Ich bin ja da«, öffnet er genervt die Tür. Wenn hier einer das Recht hat, genervt zu sein, bin das ja wohl ich.

»Mr. Winter. Was soll das?« Aufgebracht wedle ich vor seinem Gesicht mit dem Kuvert herum, in dem sich die schriftliche Kündigung meines Ladens und meiner Wohnung befindet.

Schuldbewusst zieht der alte Kerl seinen Kopf ein und druckst herum.

»Hm, ja. Ich hätte es Ihnen schon viel früher sagen müssen. Aber, na ja, wissen Sie, ich kann doch so schlecht mit solchen Dingen umgehen.«

Das ist doch wohl die Höhe. Er kann so schlecht mit so was umgehen? Was denkt er denn, wie es mir geht? Bis zum Monatsende sind es nur noch zwei Wochen. In dieser kurzen Zeit finde ich doch nie im Leben eine neue Unterkunft samt Ladengeschäft.

»Sie meinen das also ernst?«, frage ich ihn nach Luft schnappend.

»Nun ja, ja«, zuckt er abwehrend mit den Schultern.

»Aber wieso? Ich habe doch immer rechtzeitig die Miete bezahlt. Der Laden läuft gut. Sie brauchen sich keine Sorgen darüber machen, dass ich pleitegehen könnte.«

»Darum geht es doch gar nicht. Ach, Kindchen, beruhigen Sie sich doch erst einmal.« Er kommt auf mich zu und versucht, mir den Rücken zu tätscheln, aber das kann ich gerade gar nicht gebrauchen.

»Beruhigen soll ich mich? Sie schmeißen mich raus. Einfach so. Wie haben Sie sich das denn vorgestellt? Wie soll ich in nicht einmal zwei Wochen eine neue Wohnung finden und einen neuen Laden eröffnen? Ich werde meine ganze Kundschaft verlieren«, erkläre ich ihm, noch immer fassungslos.

»Glauben Sie mir. Es war keine leichte Entscheidung für mich. Aber ich bin nun mal auch nicht mehr der Jüngste und sie haben eben so viel Geld geboten. Damit kann ich mich komplett zur Ruhe setzen und muss mich um nichts mehr kümmern. Wissen Sie, Sie sind wirklich eine nette Mieterin, aber einige der anderen Parteien haben mich ständig angerufen. Andauernd musste ich irgendetwas reparieren. Das schaffe ich auf meine alten Tage nicht mehr so gut.«

Erstaunt sehe ich ihn an. Er hat also das ganze Haus verkauft. Das macht meine Lage zwar nicht gerade besser, aber vielleicht kann ich mit dem neuen Besitzer sprechen und meinen Laden doch behalten.

»Wer ist denn der neue Eigentümer? Er wird doch bestimmt auch die Wohnungen vermieten wollen. Vielleicht können Sie ein gutes Wort für mich einlegen und …«

Weiter komme ich nicht, denn Mr. Winter unterbricht meinen Redeschwall.

»Kindchen, das können Sie gleich wieder

vergessen. Die machen ein Hotel daraus. Da brauchen die keine Mieter. Die wollen Touristen.«

»Ein Hotel? Aber …«

»Ja, das ist eine ganz bekannte Kette. Aber das habe ich Ihnen doch alles in dem Brief geschrieben. Jedenfalls kann ich leider nichts für Sie tun.«

Resigniert verabschiede ich mich von Mr. Winter. Das kann doch alles nicht wahr sein.

21

ADAM

In New York geht es drunter und drüber. Mein Dad musste seinen höchstrangigen und eigentlich vertrauten Mitarbeiter kündigen, weil der hinter seinem Rücken illegale Geschäfte abgezogen hat. Jetzt ist es an uns, die Sache zu regeln und vor allem den Behörden glaubhaft zu machen, dass mein Dad nichts damit zu tun hatte und genauso ahnungslos war wie wir alle. Offenbar hatte er keine große Hoffnung mehr, ich würde tatsächlich in die Firma einsteigen, wollte sich aber selbst langsam zurückziehen, weshalb er Harold mehr Verantwortung übergeben hat, die dieser schamlos ausnutzte.

Seit meiner Rückkehr wühlen wir uns durch die Akten und Papiere der letzten Monate, in denen der ehemalige Mitarbeiter die Geschäfte weitestgehend alleine geregelt hat, und sind mittlerweile auf einem

Schaden von mehreren Millionen Dollar, den dieser Schuft der Firma zugefügt hat. Bis jetzt ist er zwar geständig, was seine Schuld angeht, rückt aber einfach nicht damit heraus, wo das Geld abgeblieben ist. Wahrscheinlich hofft er auf ein sorgloses Leben, sobald er den Knast verlassen kann, was, wenn es nach mir geht, niemals sein wird. Jedenfalls haben wir alle Hände voll zu tun, Beweise zu sammeln, die meinem Dad und der Firma aus diesem Schlamassel helfen. Außerdem ist unsere Sicherheitsabteilung bereits darauf angesetzt, Überweisungen, die von Harold getätigt wurden, zu überprüfen. Wir können nur hoffen, dass er so dumm war, den Firmenrechner dafür zu benutzen. Denn dann besteht zumindest eine klitzekleine Chance, das Geld wieder zu finden.

Abgesehen von diesen Aufgaben müssen wir auch noch die Renovierungen und Bauarbeiten an bestehenden und neuen Hotels durchgehen. Der liebe Harold hat sich nämlich einen Spaß daraus gemacht, das Geld, das für unsere Immobilien vorgesehen war, zu seinem eigenen zu machen und im Ausgleich dafür minderwertige Ware für unsere Hotels zu kaufen. Das können wir so natürlich nicht lassen. Es ist also nur zu verständlich, dass mir der Kopf raucht.

»Danke, Junge«, sagt mein Dad, der neben mir sitzt und bis jetzt ebenfalls in Akten vertieft war, aus heiterem Himmel. Ich stutze.

»Wofür denn?«

»Dass du gekommen bist und mir jetzt hilfst. Ich weiß, ich war nicht immer der Vater, den du dir gewünscht hast. Aber was ich getan habe, habe ich für euch getan. Für dich und deine Mutter.«

Ich muss hart schlucken. So hat mein Dad noch nie mit mir gesprochen. Als ich ihn ansehe, erkenne ich das Bedauern, das in seinem Blick liegt.

»Schon gut, Dad. Es ist selbstverständlich, dass ich dir helfe.«

»Nein, das ist es nicht. Ich habe nachgedacht, Adam. Wenn du die Firma nicht übernehmen willst, dann werde ich verkaufen. Ich möchte dir nicht meinen Traum aufzwingen.«

Meine Augenbrauen schnellen nach oben. Erstaunt sehe ich meinen Dad an. »Ist das dein Ernst?«

Er nickt müde. »Du musst dein eigenes Leben leben. Auch wenn ich nach wie vor der Meinung bin, du solltest mehr daraus machen.«

Ich nicke automatisch und spüre auf einmal den unbändigen Drang in mir, diese Firma zu retten. Sie ist nicht nur meinem Dad wichtig, sondern auch mir. Ich liebe unsere Hotels und bin stolz auf meinen Vater, dass er immer ein ehrlicher Geschäftsmann und Arbeitgeber war, der die Menschen, mit denen er verhandelt hat, genauso respektvoll behandelt wie seine Mitarbeiter. Wenn ich nach meinem Ausflug nach Port Charlotte noch einen Schubs gebraucht habe, um die richtige Entscheidung zu treffen, dann war er das gerade.

»Dad, ich will in dein Unternehmen einsteigen«, sage ich mit voller Überzeugung, woraufhin er mich zuerst ungläubig ansieht und sich dann nach und nach ein frohes Lächeln in seinem Gesicht ausbreitet.

»Ist das dein Ernst?«, stellt er mir die Frage, die er gerade eben noch von mir gehört hat.

»Ja«, sage ich fest und er nimmt mich in die Arme, wie er es lange nicht mehr getan hat.

Als er sich wieder löst, sehe ich doch tatsächlich Tränen der Freude in seinen Augen und alle Zweifel, Sorgen und Ängste sind wie weggefegt. »Wenn es dir nicht zu schnell geht, kannst du eine Pressekonferenz einberufen. Ich denke, das würde uns gerade sogar helfen«, schlage ich Dad vor, die Neuerungen gleich bekannt zu geben.

Eine offizielle Bekanntgabe dient dabei nicht nur dem Zweck, dass ich keinen Rückzieher mehr machen kann und meinem Dad beweise, wie ernst ich es meine. Es ist auch ein Zeichen dafür, dass ich offiziell hinter meinem Dad und der Firma stehe und somit an seine Unschuld glaube. Denn unser erstes Ziel sollte im Moment sein, das Unternehmen, das mein Großvater gegründet hat, zu retten.

»Weißt du was, Sohn, das muss gefeiert werden. Machen wir für heute Schluss und genehmigen uns einen Drink. Was hältst du davon?«

Lachend willige ich ein. Eine Pause kann tatsächlich nicht schaden. Also verbringe ich einen netten Abend mit meinem Dad in der Bar unseres New Yorker Hotels.

Als ich ziemlich fertig, aber glücklich nach Hause komme, krame ich mein Handy hervor und wähle Demis Nummer. Ich habe sie seit meiner Abreise noch nicht gehört und möchte vermeiden, dass sie das Gefühl bekommt, ich hätte sie abserviert. Schon nach dem zweiten Läuten geht sie ran.

»Hi Adam. Wie gehts dir? Bist du gut in New York angekommen?«

Alleine ihre Stimme sorgt dafür, dass ich mich ein wenig entspanne.

»Ja, danke. Tut mir leid, dass ich mich nicht früher gemeldet habe. Hier ist einiges los.«

»Wie geht es deinem Dad?«

»Ganz okay. Wir bekommen das schon hin.«

»Du willst mir nicht erzählen, worum es geht, oder?«

Ich fühle mich unwohl dabei, Demi nicht die ganze Wahrheit sagen zu können. Aber einfach so übers Telefon möchte ich das ganz bestimmt nicht besprechen. Deshalb weiche ich einmal mehr aus.

»Nicht jetzt. Sei mir bitte nicht böse.«

»Bin ich nicht«, sagt sie, doch ich höre ihr an, dass sich die Stimmung verändert hat.

»Wie geht es dir?«, wechsle ich trotzdem das Thema und hoffe, sie nimmt es mir nicht allzu übel.

»Geht so. Mein Vermieter hat mir gekündigt«, lässt sie eine Bombe fallen, mit der ich nicht gerechnet habe. Danach prasseln die Worte nur so aus ihrem Mund und sie erzählt mir, was alles seit meiner Abreise passiert ist. Ich bin schon hundemüde und kann ihr nur halb folgen, aber was ich verstehe, hört sich gar nicht gut an.

»Entschuldige bitte, ich belaste dich mit meinen Problemen, obwohl du gerade genug eigene hast. Tut mir leid«, unterbricht sie sich plötzlich selbst.

»Kein Problem. Da geht es schließlich um deine Existenz. Das ist wichtig, Demi.« Ich wünschte, ich könnte mich besser auf sie konzentrieren. Aber die Tage voller Papierkram machen mir langsam zu schaffen. Ich gehöre ins Bett. Trotzdem versuche ich, auf sie einzugehen. Immerhin ist ihr Problem nicht kleiner als meines, auch wenn es bei unserer Firma mehr Menschen betrifft.

»Ich habe daran gedacht, was du in Sarasota gesagt hast. Dass ich meinen Laden in Hotels unterbringen könnte. Vielleicht geht der Betreiber ja darauf ein«, sagt sie und bei mir schrillen die Alarmglocken. Natürlich wünsche ich Demi, dass sie ihren Laden behalten kann. Aber wenn schon, dann wüsste ich sie gerne in unseren Hotels und nicht bei der Konkurrenz. Über diese Idee habe ich mit Dad zwar noch nicht gesprochen, ich muss zugeben, dass ich auch gar nicht daran gedacht habe, aber er wird bestimmt zustimmen. Außerdem wäre es die perfekte Möglichkeit, um mir mit Demi eine Zukunft aufzubauen. Es wäre doch zu schade, wenn wir an zwei verschiedene Staaten gebunden wären. Sollte sie darauf einsteigen, mit unserer Hotelkette zu kooperieren, müsste sie nicht mehr gezwungenermaßen in Florida leben. Ich versuche, herauszufinden, wie offen Demi für diese Idee wäre.

»Wärst du denn bereit dazu, Shops in verschiedenen Staaten zu eröffnen, zu reisen und vielleicht sogar deinen Lebensmittelpunkt zu verlegen? Hinter einer solchen Entscheidung steckt viel mehr als nur der Traum von einem großen Business, Demi.«

Kurz herrscht Stille in der Leitung und ich werde nervös. Hoffentlich überlegt sie es sich nicht anders. Aber ich muss ihr bewusst machen, was alles dazugehört, wenn sie ihr Geschäft so extrem erweitern möchte. Nach einem Moment, der mir wie eine Ewigkeit vorkommt, antwortet sie mir.

»Ja, das würde mir gefallen. Ich bin gerne in Florida, aber wenn es nötig wäre, umzuziehen, fände ich das nicht schlimm. Und reisen hat mir schon immer Spaß gemacht.«

Erleichtert atme ich aus. Mir war gar nicht bewusst, dass ich die Luft angehalten habe.

»Gut. Ich würde allerdings noch abwarten. Die sind bestimmt noch lange nicht so weit, einen genauen Plan zu haben, wie ihr Hotel aussehen soll«, schwindle ich sie an. Tatsächlich hatten sie bestimmt schon ein Modell des neuen Gebäudes und alles bis ins kleinste Detail ausgearbeitet, bevor sie überhaupt ein Kaufangebot gemacht haben. So funktioniert das in der Branche nun mal. Aber mit ihrer Idee könnte Demi die Konkurrenz trotzdem locken und das will ich unbedingt verhindern.

»Hm. Meinst du wirklich? Ich dachte eher, ich sollte mich lieber zu früh als zu spät bei ihnen melden. Nicht, dass sie sonst jemand anderen haben.« Demi klingt verzweifelt und ich fühle mich wie der letzte Arsch. Am liebsten würde ich ihr sofort alles erzählen und sie bitten, zu mir nach New York zu kommen, doch ich halte mich zurück. Diese Frau hat mich ganz offensichtlich abgelehnt, als sie dachte, ich wäre irgendein verwöhnter Schnösel, der mit seiner Harley durch die Gegend fährt. Zugegeben, es war nicht sonderlich klug von mir, billige Klamotten zu kaufen, um dann mit meinem sauteuren Motorrad vorzufahren. Aber mit der Zeit hat sie mir offenbar abgekauft, dass ich ein Mann des Mittelstands bin, und sich in mich verliebt. Zumindest gehe ich davon aus, dass auch sie so für mich empfindet wie ich für sie. Deshalb kann ich ihr auch auf keinen Fall die Wahrheit sagen. Noch nicht.

»Ich würde noch warten«, bekräftige ich meine Aussage von vorhin und schreibe auf meine geistige Agenda, so früh wie möglich die Idee mit Dad zu besprechen.

»Na gut. Wenn du das sagst, vertraue ich dir«, sagt sie und ich kann ihr das Lächeln anhören. Auch ich muss unwillkürlich erleichtert grinsen. Auch wenn Demi jetzt vielleicht ihren Laden verliert, wird sie sich umso mehr freuen, wenn ich ihr endlich die Wahrheit sagen kann und sie ihren Traum erfüllt bekommt.

Wir unterhalten uns noch ein bisschen über dies und jenes, als ich immer öfter gähnen muss. Obwohl ich viel lieber die ganze Nacht mit ihr telefonieren würde, verabschiede ich mich von ihr. Mir steht morgen wieder ein langer Arbeitstag bevor, ich sollte ins Bett gehen.

Erst als wir aufgelegt haben, wird mir bewusst, dass ich sie gar nicht danach gefragt habe, um welche Hotelkette es sich bei dem Kauf handelt. Doch das tut am Ende des Tages nichts zur Sache. Dad wird meinem Vorschlag zustimmen und Demi wird ihre Shops in unseren Hotels eröffnen können. Doch bis dahin braucht es noch ein wenig Überzeugungsarbeit meinerseits. Außerdem muss ich ein Konzept ausarbeiten. Je weniger Fragen bei der Vorstellung offenbleiben, desto wahrscheinlicher ist es, dass ich das Projekt durchboxen kann.

22

DEMI

Am nächsten Morgen bin ich schon früh munter. Die ganze Nacht habe ich mir über das gestrige Gespräch mit Adam den Kopf zerbrochen. So sehr ich ihn auch schätze, habe ich ein ungutes Gefühl dabei, noch länger damit zu warten, bei der Hotelkette wegen meines Ladens anzufragen. Deshalb habe ich beschlossen, es noch heute zu tun.

Doch vorher möchte ich mit Lauren sprechen. Sie weiß noch gar nichts davon, dass mein Mietvertrag nicht verlängert wird, und hat als Erste ein Recht darauf, die Wahrheit zu erfahren. Außerdem werde ich mein Vorhaben auch mit ihr besprechen müssen. Immerhin war sie von Anfang an dabei. Lauren und ich kennen uns schon, seit wir Kinder waren. Wir sind beide in Key West aufgewachsen, wo unsere Eltern nach wie vor leben. Eines Tages, ich war schon einige Monate lang bei meiner Oma hier in Port Charlotte, habe ich sie angerufen und ihr von meiner Idee mit dem Laden erzählt. Sie war sofort begeistert, ist ebenfalls hierher gezogen und hilft mir seitdem, wo sie nur kann. Wenn Lauren mit der Erweiterung oder zumindest erst einmal einem Shop in einem Hotel nicht einverstanden wäre, würde ich den Schritt nur ungerne wagen. Aber wer weiß, vielleicht gefällt ihr die Idee auch. Wenn die Hotelkette mitmacht und wir tatsächlich mehrere Shops in verschiedenen Städten eröffnen können, kann ich sie zur Shopmanagerin in der Stadt ihrer Wahl machen. Obwohl ich mich hier selbst um die meisten Dinge, wie zum Beispiel den Einkauf der Kräuter, kümmere, hat Lauren mir oft genug über die Schulter geschaut, um es ebenfalls schnell zu lernen.

»Sorry, Henry«, sage ich zu meinem Goldfisch, als ich fertig angezogen vor ihm stehe und bereit bin, in den Laden zu gehen. »Ich muss schon los. Aber ich erzähl dir heute Abend alles.«

Auch Lauren dürfte gespürt haben, dass irgendetwas nicht in Ordnung ist, denn sie kreuzt viel früher als für sie typisch im Laden auf.

»Guten Morgen, Demi. Was war denn gestern los? Du sperrst doch sonst nicht einfach so unerwartet zu.«

»Setz dich«, sage ich zu ihr und deute auf einen Stuhl.

»Okay … Sag bloß, du willst diesen Adam gleich heiraten«, fragt sie mich entsetzt und ich starre sie entgeistert an.

»Wie kommst du denn darauf? Nein. Ich, wir, nein. Wir heiraten nicht. Ich habe ihn doch gerade erst kennengelernt«, erwidere ich abgelenkt, was mir ein süffisantes Lächeln meiner Freundin einbringt.

»Aber es ist etwas passiert, habe ich recht?« Sie mustert mich mit Argusaugen, was dazu führt, dass mir die Hitze in den Kopf steigt. »Ich habe es gewusst«, fährt Lauren triumphierend auf. »Und, wie war er?«

»Ganz gut. Toll. Lauren, darum geht es gerade nicht«, versuche ich, zum eigentlichen Thema zurückzukommen. Sie dürfte mir ansehen, dass es ernst ist, denn ihr Lächeln verschwindet.

»Was ist los, Demi?«

»Als ich gestern in den Laden gekommen bin, habe ich einen Brief von Mr. Winter gefunden.«

»Einen Brief? Das ist doch sonst nicht seine Art«, sagt Lauren das, was ich mir in dem Moment, als ich das Kuvert gefunden habe, auch gedacht habe.

»Ja, ich weiß. Wahrscheinlich war es ihm unangenehm. Lauren, er hat mir gekündigt.«

»Was?« Entsetzt starrt sie mich an. »Aber was sollen wir jetzt tun? Soll ich mit ihm reden?«, bietet sie mir an.

»Nein, ich war schon bei ihm. Er hat das Haus an eine Hotelkette verkauft.«

»Oh nein.« Fassungslos schlägt sich meine Mitarbeiterin die Hände vor den Mund. »Wie lange haben wir noch?«

»Bis Ende des Monats müssen wir hier raus sein.«

»Das sind nur nicht einmal mehr zwei Wochen. Wie stellt er sich das denn vor? So schnell finden wir doch nie im Leben ein neues Geschäft.«

Ich massiere mir meine Stirn, da mich plötzlich starke Kopfschmerzen quälen. Lauren spricht nichts an, was ich mir nicht selbst schon gedacht habe. Trotzdem ist es etwas anderes, zu sehen, wie sie auf diese Nachricht reagiert. Bis dahin konnte ich mir noch einreden, dass alles gar nicht so schlimm ist. Aber natürlich hat sie recht. Einen neuen Laden werde ich so schnell nicht finden. Meine ganze Kundschaft wird sich neu orientieren und ich kann bei null anfangen. Zumindest, wenn Adams Idee nicht funktioniert.

»Ich habe mit Adam darüber gesprochen ...«, beginne ich ihr von unserer Möglichkeit zu erzählen und werde sofort unterbrochen.

»Du hast mit Adam darüber geredet? Was habe

ich die letzten Tage alles verpasst? Vor dem Wochenende konntest du ihn nicht ausstehen und jetzt besprichst du dich schon mit ihm? Demi, das freut mich ehrlich für dich.« Lauren wirkt plötzlich ganz aufgekratzt. Ich habe nicht damit gerechnet, dass sie sich so sehr dafür begeistert, wenn ich einen Mann kennenlerne. Offenbar war ich die letzten Monate seit meiner Trennung wirklich ein Häufchen Elend.

»Ja. Wir haben uns wirklich gut verstanden«, lasse ich sie kurz wissen. Doch im Moment ist es mir wichtiger, die Sache mit der Hotelkette mit ihr zu besprechen. »Lauren, hör zu. Er hatte eine echt gute Idee. Wir könnten doch bei der Hotelkette anfragen, ob sie unseren Laden nicht in ihr Konzept integrieren möchten.«

Nachdenklich sieht sie mich an und ich denke schon, sie findet die Idee furchtbar, als sich ihre Miene plötzlich aufhellt. »Das ist eine grandiose Idee. Wieso bin ich nicht darauf gekommen? Wenn sie dein Laden überzeugt, und das wird er, könntest du so gleich mehrere Standorte eröffnen, und zwar in mehreren Hotels.«

»Ja, das war der Gedanke dahinter. Du findest das also nicht übertrieben?«

»Aber nein. Wieso denn? Das ist genial.«

»Gut. Dann würde ich jetzt gleich dort anrufen und schauen, was sich machen lässt.«

»Sie werden begeistert sein. Immerhin haben wir einen beachtlichen Kundenstamm aufgebaut und selbst die Touristen kommen gerne hierher«, macht sie mir Mut und ich möchte dieses Telefonat so schnell wie möglich hinter mich bringen, um diese Angst um meine Existenz endlich wieder vollständig loszuwerden.

Deshalb schnappe ich mir mein Handy und wähle die Nummer, die Mr. Winter dankenswerterweise ebenfalls in seinem Brief vermerkt hat.

»Hartman Group, guten Tag, was kann ich für Sie tun?«, ertönt nach nur zwei Mal Läuten eine freundliche Stimme am anderen Ende der Leitung.

»Guten Tag. Hier spricht Demi Watts. Mein Vermieter hat sein Haus in Port Charlotte an Ihr Unternehmen verkauft. Hier soll ein Hotel entstehen, ich würde gerne mit einem Verantwortlichen sprechen.«

»Port Charlotte sagten Sie?«

»Ja, genau.«

»Einen Moment bitte, ich verbinde Sie.«

Als eine Musik ertönt, die wohl beruhigend wirken soll, werde ich nur noch nervöser. Mir ist bewusst, dass ich nicht gleich eine fixe Zusage bekommen werde. Aber immerhin steht hier viel für mich auf dem Spiel.

»Guten Tag?«, meldet sich nach einiger Zeit eine forsche Männerstimme.

»Ähm, guten Tag. Spreche ich mit dem Verantwortlichen für den Hotelbau in Port Charlotte?«

»Ja, was gibts?«

Der Typ am Telefon dürfte wohl einen schlechten Tag haben. Oder er ist grundsätzlich schlecht gelaunt. Jedenfalls ist das gar nicht gut.

»Ich betreibe einen Kräutershop in dem Haus, das abgerissen werden soll, und wollte nachfragen, ob es möglich wäre, den in Ihr neues Hotel zu integrieren. Zu mir kommen viele Touristen und ...« Noch bevor ich ihm erklären kann, dass seine Firma von meinem Laden profitieren würde, unterbricht er mich schon.

»In unseren Hotels gibt es keine sogenannten Kräutershops.« Er spricht es aus, als würde es sich um etwas Unmoralisches handeln, weshalb ich mich in Erklärungsnot sehe.

»Aber ...«

»Nichts aber. Mit so einem Unfug wollen wir nichts zu tun haben. Das gehört nicht zu unserer Geschäftsphilosophie«, keift er mich an, bevor die Leitung plötzlich unterbrochen wird. Aufgelegt. Dann kann ich diesen Traum wohl auch begraben.

Mir schießen die Tränen in die Augen und Lauren kommt auf mich zugelaufen, um mich in den Arm zu nehmen.

»Es ist also nicht gut gelaufen, hm?«, fragt sie, obwohl sie sich die Antwort denken kann. Trotzdem schüttle ich, an ihre Schulter gelehnt, den Kopf.

»Wir werden uns etwas anderes einfallen lassen, Demi. Das bekommen wir hin. Ich bin für dich da.« Und auch, wenn das meinen Laden nicht rettet, beruhigen mich ihre Worte doch. Trotzdem wünschte ich, Adam wäre jetzt hier. Warum auch immer scheint er sich mit solchen Dingen auszukennen und könnte mir bestimmt weiterhelfen.

23

ADAM

»Bist du bereit für die Pressekonferenz, Adam?«

Mein Dad steckt seinen Kopf durch meine Bürotür, wo ich gerade dabei war, meine Rede noch einmal durchzugehen. Heute geben wir offiziell meinen Einstieg in die Firma bekannt und ich muss zugeben, dass ich nervös bin. Doch bevor ich bereit für diesen Schritt bin, habe ich noch etwas mit meinem Dad zu klären.

»Was hältst du davon, ein paar Änderungen in unserem Hotelkonzept vorzunehmen?«, fange ich vorsichtig an.

Seine Stirn legt sich in Falten. Er ist misstrauisch, was ich ihm nicht verübeln kann. Wir haben uns zwar ausgesprochen, aber trotzdem habe ich mich jahrelang erfolgreich dagegen gewehrt, im Familienunternehmen mitzuwirken. Wahrscheinlich rechnet er damit, dass ich es mir doch noch anders überlegt habe. Obwohl er auf einige meiner Bedingungen bereits eingegangen ist. Mir ist es wichtig, die Firma in Zukunft so führen zu können, wie ich es für richtig halte. Natürlich in Absprache mit meinem Dad, solange er noch aktiv tätig ist, aber zumindest brauche ich das Gefühl, meine eigenen Ideen umsetzen zu können und nicht im Mittelalter festhängen zu bleiben. Wobei es so schlimm natürlich nicht ist. Unsere Hotels sind alle auf den neuesten Standard ausgerichtet. Trotzdem gibt es ein paar Dinge, die ich für altertümlich halte und gerne verbessern würde. Hierfür hat mir mein Dad bereits sein Einverständnis gegeben. Jetzt bleibt nur noch die letzte Sache zu klären, damit ich meine Arbeit auch mit meinem Privatleben verbinden kann.

»An was hast du gedacht?«, fragt er mich.

»Na ja, vielleicht könnten wir unseren Gästen nicht nur die typischen Einrichtungen wie eine Bar oder einen Wellness-Bereich, sondern auch kleine Shops anbieten. Ich weiß, teilweise haben wir das bereits umgesetzt, aber ich meine ausgefallenere Dinge als nur einen faden Modeladen oder Kosmetika. Wir könnten zum Beispiel junge Designer fördern oder in unseren Wellnessanlagen auch Kräutershops anbieten, die von Experten geführt werden. Ich finde, das würde gut harmonieren und unseren Gästen noch mehr Mehrwert bieten.«

Mein Dad antwortet nicht gleich. Das nehme ich als gutes Zeichen. Wäre er gänzlich abgeneigt, hätte er meinen Vorschlag sofort runter gemacht und abgelehnt.

»Das ist eine gute Idee, mein Sohn. Aber das Konzept solltest du noch genauer ausarbeiten«, sagt er jetzt mit einem Lächeln im Gesicht.

»Ja, natürlich«, beeile ich mich zu sagen. »Schließlich sollen die Shops zu unseren Hotels passen. Ich habe da an kleine Unternehmer gedacht, die ihre Läden mit Herzblut betreiben. Denen könnte man doch die Chance geben, bei und mit uns zu expandieren.«

»Meinen Segen hast du. Ich sehe schon, du wirst tatsächlich frischen Wind in unser Unternehmen bringen«, sagt er und klopft mir auf die Schulter. Wenn mich nicht alles irrt, ist das Stolz, der in seinen Augen aufflackert. »Es ist ohnehin an der Zeit, einige Neuerungen einzuführen, und gewisse Umstrukturierungen bleiben uns wohl nicht erspart, nach allem, was passiert ist. Harold hat auch das Betriebsklima in den letzten Monaten vergiftet.«

Die ganze Sache hat meinen Dad ganz schön mitgenommen. Kein Wunder, immerhin wäre sein Lebenswerk fast zerstört worden. Zum Glück wurde der Übeltäter rechtzeitig ausfindig gemacht und mein Vater schließlich nicht zur Rechenschaft gezogen. Dank unserer Arbeit der letzten Tage konnten wir glaubwürdig beweisen, dass er unschuldig ist und mit all den Machenschaften, die Harold hinter seinem Rücken betrieben hat, nichts zu tun hat. Außerdem hat unsere Sicherheitsabteilung ganze Arbeit geleistet und konnte die Konten ausfindig machen, auf die Harold das Geld abgezweigt hat. Sonderlich klug hat er sich dabei offenbar nicht angestellt. Der Sicherheitsleiter hat uns wissen lassen, dass wir einfach nur Glück hatten. Wäre er raffinierter vorgegangen, wäre das Geld für immer weg gewesen. Die Firma ist also gerade noch mal so davongekommen. Wäre Harold nicht erwischt worden oder hätten die Behörden Dad nicht geglaubt, wäre die Firma jetzt bankrott, was nicht nur unserer Familie geschadet, sondern auch Tausende von Angestellten arbeitslos gemacht hätte. Was mir einmal mehr aufzeigt, wie viel Verantwortung in der Führung eines solch großen Unternehmens liegt. Aber ich bin bereit dafür, woran Demi nicht ganz unschuldig ist.

Vor allem aber bin ich nach diesem Gespräch mit Dad erleichtert. Ich habe tatsächlich das Gefühl, die Firma in Zukunft so leiten zu können, wie es für mich stimmig ist. Keine Ahnung, wie es mir ginge, wenn Dad mir nicht so bereitwillig entgegengekommen wäre. Immerhin hätte ich die Firma trotzdem nicht im Stich lassen dürfen. Dafür ist mein Verantwortungsgefühl viel zu groß, auch wenn Dad sich dessen nicht sicher war. Natürlich ist die

Übernahme beziehungsweise erst einmal der Einstieg trotzdem immer noch ein großer Schritt für mich.

Ich atme noch einmal tief durch und verstaue meine Spickzettel für die Pressekonferenz in meiner Sakkotasche.

»Gut. Dann können wir jetzt los.«

24

DEMI

»Hey Demi, schalte sofort den Fernseher ein.«

»Es ist auch schön, dich zu sehen, Lauren. Komm doch rein«, sage ich zu meiner Freundin, der ich gerade die Tür meiner Wohnung geöffnet habe und die schnurstracks an mir vorbei ins Wohnzimmer läuft. »Was ist denn los?« Mir bleibt wohl nichts anderes übrig, als hinter ihr her zu gehen. Sie hat bereits die Fernbedienung in der Hand und schaltet die Nachrichten ein.

»Sieh selbst«, sagt sie und deutet auf den Bildschirm, wo gerade ein älterer Herr der Presse Rede und Antwort steht.

»Ja, und?«, frage ich sie, doch im nächsten Moment ist im Untertitel zu sehen, um wen es sich handelt. George Hartman, seines Zeichens Eigentümer der Hartman Group. Er kündigt Änderungen im Unternehmen an und prahlt damit, was seine Firma in den letzten Jahren erreicht hat, wie viele Arbeitsplätze geschaffen wurden und so weiter und so fort. In Wahrheit in es eine Lobpreisung an ihn selbst.

»Und ich bin stolz, heute verkünden zu können, dass mein Sohn ab heute in das Familienunternehmen einsteigt. Adam Hartman ist ab sofort neuer Geschäftsführer der Hartman Group«, tönt es aus dem Fernsehgerät und ich halte die Luft an, als die Kamera umschwenkt und den Mann zeigt, mit dem ich noch am Wochenende ein Hotelzimmer geteilt habe.

»Aber ... Das kann doch nicht sein«, bringe ich stoßend hervor.

»Und ob. Dieses Herzchen ist dafür verantwortlich, dass du deinen Laden und deine Wohnung verlierst. Wahrscheinlich war er nur hier, um die Lage abzuchecken. Oder er wollte dich ablenken, damit du ihm nicht in die Quere kommst.«

Ich kann nicht mehr klar denken, alles prasselt plötzlich auf mich ein. Kann es wirklich sein, dass er mich nur aus dem Weg haben wollte und deshalb mit mir nach Sarasota gefahren ist? Da war doch dieser Mann, vor dem er sich versteckt hat. Bilder der Szene aus dem Abstellraum kommen in mir hoch. Ich war so blöd. Wie konnte ich nur darauf reinfallen. Jetzt weiß ich zumindest, weshalb er sich so gut in der Hotelbranche auskennt. Und sein

Ratschlag, mich erst später bei der Hotelkette zu melden, war pure Absicht, damit ich keine Chance mehr habe. Dabei hätte er sich das sparen können. Immerhin wurde ich von seiner Firma sofort abgeschmettert. Als ich ihm von dem Verkauf des Hauses erzählt habe, wusste er also schon längst, dass ich meinen Laden und meine Wohnung verlieren werde. Und er hat nichts gesagt. Selbst am Telefon hat er noch so getan, als würde er mir helfen wollen, und ich dumme Kuh hab ihm auch noch geglaubt.

»Er hat mich eiskalt verarscht«, bringe ich zwischen zwei Schluchzern hervor. Lauren kommt an meine Seite und nimmt mich in den Arm.

»Ach Süße. So hätte ich ihn auch nicht eingeschätzt. Das hast du nicht verdient.«

Die Tränen kullern mir unkontrolliert über die Wangen. »Was soll ich denn jetzt bloß tun?« Verzweifelt sehe ich Lauren an, die mit den Schultern zuckt.

»Ich weiß es leider auch nicht. Gestern Abend habe ich zufällig Sam getroffen. Du weißt schon, unseren Nachbarn aus der Bäckerei.« Sie deutet in die Richtung, in der sich von meiner Wohnung aus gesehen Sams Laden befindet, als wüsste ich nicht sofort, wen sie meint. »Ihm wurde auch gekündigt.«

Entsetzt schaue ich zu ihr auf. »Nein! Aber wieso? Er ist doch gar kein Mieter von Mr. Winter. Seine Bäckerei gehört zum Nebengebäude.«

»Das wurde auch verkauft. Anscheinend plant dieser Adam einen ganz schön großen Hotelkomplex. Jetzt, da er offenbar das Sagen hat, will er seinen Dad vielleicht übertrumpfen.«

Ich denke daran, was Adam mir bei unserem Ausflug erzählt hat. Sein Dad, der nur für die Firma lebt, und seine Mum, die einsam zu Hause sitzt. Meinte er nicht, er würde nie so werden wollen und ginge deshalb sogar bei Frauen auf Abstand? Um sie nicht zu verletzen? Anscheinend war wirklich alles gelogen, was aus seinem Mund gekommen ist.

Ich schaue zu dem Fernseher, wo jetzt Adam an der Reihe ist, die Fragen der Journalisten zu beantworten.

»Adam, was halten Sie von dem neuesten Projekt Ihres Vaters? Da werden Menschen auf die Straße gesetzt, um ein neues Hotel zu bauen, das Florida nun wirklich nicht gebrauchen kann.«

Spricht er da etwa von Port Charlotte? Schnell schalte ich den Fernseher aus.

»Hey, willst du nicht wissen, was er dazu sagt?«

»Um mir weitere Lügen von diesem Mann anzuhören? Nein, danke. Ich will überhaupt nie wieder irgendetwas von ihm hören.«

Doch ganz so leicht ist das nicht. Zwei Stunden später läutet nämlich mein Handy. Auf dem Display grinst mir Adams Gesicht entgegen.

»Willst du nicht rangehen?«, fragt Lauren, die noch immer bei mir ist.

»Auf gar keinen Fall«, antworte ich, noch immer wütend, lehne den Anruf ab und setze diesen hinterhältigen Typen auf die Liste blockierter Nummern. Ich möchte seine Ausreden nicht hören. Und noch weniger will ich in Versuchung kommen, doch irgendwann abzuheben. Oder irgendwann in der Nacht, wenn Lauren weg ist, schwach zu werden und seine Nachrichten zu lesen, oder, noch schlimmer, ihm selbst zu schreiben. Wobei ich ihn im Moment vermutlich nur schimpfen würde.

»Weißt du was?«, sage ich zu Lauren, als ich das Telefon wirklich lange genug angestarrt und darüber nachgedacht habe, ob ich auch wirklich das Richtige tue. »Wir werden unseren Laden retten. Und auch die der anderen in unserer Straße.«

»Oh ja. Was hast du vor?«, hüpft sie fast vor Freude und reibt die Hände aneinander, als wolle sie einen Schlachtplan entwerfen. Wobei, im Grunde tun wir das auch.

»Wir werden Unterschriften sammeln«, spreche ich die unausgereiften Ideen aus, die mir gerade durch den Kopf gehen. »Und eine Demo veranstalten. Genau. Wir verteilen Flyer, damit so viele Menschen wie möglich kommen und für den Erhalt unserer Geschäfte auf die Straße gehen.«

25

DEMI

Noch in der gleichen Nacht entwerfen Lauren und ich einen Flyer, der die Leute auffordert, an der Unterschriftenaktion teilzunehmen und zu unserer Demo zu kommen, die wir für in drei Tagen angesetzt haben. Ich weiß, das ist alles sehr knapp. Aber wir haben nicht mehr lange Zeit, bis wir unsere sieben Sachen gepackt haben und ausgezogen sein müssen. Trotzdem hoffe ich, eine große Teilnehmerzahl zu erreichen, auch wenn das vielleicht etwas naiv von mir ist.

»Glaubst du, wir bekommen die Flyer so schnell, dass wir sie auch noch rechtzeitig verteilen können?«, fragt Lauren mich skeptisch. Da ich aus der Zeit, als ich meinen Laden eröffnet habe, noch weiß, wie schnell die hiesige Druckerei arbeitet, kann ich sie beruhigen.

»Wir schicken die Datei jetzt noch ab, dann

können wir die Flyer morgen in der Früh schon abholen«, antworte ich und zeige ihr als Beweis die Erklärungen auf der Webseite des Unternehmens.

»Na, die dürften nicht sonderlich ausgelastet sein«, scherzt meine Freundin und ich bin froh darüber, dass wir trotz der ernsten Lage, in der wir uns befinden, noch gemeinsam lachen können. Nachdem alles erledigt ist, fallen wir erschöpft ins Bett.

»Ich weiß nicht, wie es dir geht, aber ich bin voll motiviert. Und das, obwohl wir so gut wie nichts geschlafen haben«, erklärt mir Lauren gut gelaunt am Frühstückstisch, gefolgt von einem herzhaften Gähnen. Sie hat die Nacht bei mir verbracht, damit wir gleich in der Früh loslegen können. Dabei haben wir nicht damit gerechnet, so zeitig schon wieder munter zu sein.

»Ja, man sieht dir richtig an, wie du strahlst«, sage ich lachend zu ihr, weil das Bild, das sie abgibt, so rein gar nicht zu ihren Worten passen will. Auch ich sehe aus, als hätte ich die Nacht durchgefeiert. Trotzdem kann ich nur bestätigen, was Lauren gemeint hat. Ich fühle mich überhaupt nicht müde, sondern würde am liebsten sofort losgehen, um alles zu organisieren. Leider ist es erst kurz vor acht Uhr und die Flyer sind erst gegen neun fertig. Wir müssen unsere Motivation also noch ein bisschen zügeln, was uns eher schlecht als recht gelingt.

Die verbleibende Zeit verbringen wir damit, alle

paar Sekunden auf die Uhr zu schauen. Lauren hat sich zur Ablenkung zu Henry gesellt.

»Na, mein Kleiner. Was hältst du von unserem Plan? Meinst du, wir können dieser fiesen Hotelkette den Garaus machen?«

Mein Goldfisch schwimmt fröhlich eine Runde, was Lauren als gutes Zeichen deutet.

»Siehst du, Henry glaubt an uns«, sagt sie zu mir, gefolgt von der Frage nach der Uhrzeit.

»Es ist genau eine Minute später als beim letzten Mal, als du mich gefragt hast«, lache ich. »Komm, ich borge dir was zum Anziehen«, biete ich ihr an, da Lauren gestern natürlich keine frischen Klamotten mitgebracht hat. Wir konnten schließlich nicht wissen, wie unsere Nacht verlaufen würde. Außerdem vergeht die Zeit schneller, wenn wir etwas zu tun haben.

Skeptisch inspiziert Lauren meinen Kleiderschrank.

»Hm. Wir müssen dir dringend eine neue Garderobe besorgen«, lautet ihr Fazit nach einigen Minuten.

»Wieso? Was ist falsch an meinen Sachen? Ich finde sie sehr hübsch.«

»Ja. Hübsch und langweilig. Du hast gar nichts Flippiges.«

»Ich bin auch nicht flippig. Das würde gar nicht zu mir passen«, schüttle ich den Kopf.

»Wie du meinst. Ich nehm das hier. Das ist halbwegs annehmbar«, zieht sie schließlich ein kurzes Sommerkleid aus dem Schrank, das ich zuletzt vor gut zehn Jahren getragen habe. Doch ich kommentiere ihre Wahl nicht und lass sie machen. Als wir beide fertig sind, ist es auch endlich Zeit, in die Druckerei zu gehen und unsere Flyer abzuholen.

Keine Dreiviertelstunde später stehen wir auch schon in dem ersten Laden, dessen Besitzer wir von unserer Idee erzählen. Wenn wir wirklich viele Unterschriften zusammen bekommen und der ganze Aufruhr vielleicht auch in den Medien verbreitet wird, könnte ich mir gut vorstellen, dass die Kette einen Rückzug macht. Immerhin werden sie sich nicht die hier lebende Bevölkerung zum Feind machen wollen.

»Das habt ihr gut überlegt, Mädels. Ich hätte zwar schon ein neues Geschäftslokal für meine Bäckerei gefunden, aber auch mir wäre es sehr recht, die Strapazen und Kosten, die mit einem Umzug verbunden sind, nicht auf mich nehmen zu müssen«, gratuliert uns Sam, als wir ihm ein paar Flyer in die Hand drücken und ihn in den Plan eingeweiht haben.

»Hoffen wir, dass auch alle mitmachen und viele zu der Demo kommen«, wirft Lauren ein.

»Aber ja. Lasst mir doch einfach ein paar mehr Flyer hier und ich helfe euch damit, sie in den anderen Läden zu verteilen. Ich bin mir sicher, alle werden froh sein, dass jemand die Initiative ergriffen hat. Wir hätten nicht gewusst, was zu tun ist, muss ich gestehen.«

Sams Angebot nehmen wir natürlich gerne an. Er ist schon seit einer Ewigkeit hier und kennt die anderen besser als wir. Dementsprechend viel geben sie auch auf seine Meinung. Wenn er dabei ist und auch noch selbst mit ihnen spricht, werden sie nicht ablehnen.

»Super, Sam. Danke.«

Nachdem wir uns von ihm verabschiedet haben, gehen wir noch einige Läden ab, verteilen die Flyer auch an Passanten und sperren schließlich selbst den kleinen Kräuterladen auf, um auch unsere Kundschaft über die Demo zu informieren. Zu unserer großen Freude stoßen wir nur auf Begeisterung. Wenn wirklich so viele Menschen kommen, wie sich bis jetzt angekündigt haben, könnte das wirklich was werden.

26

ADAM

»Adam, du solltest die Nachrichten im Fernsehen einschalten.« Blake, dem ich die letzten Tage damit in den Ohren gelegen habe, wie sehr ich Demi vermisse und den ich bestimmt hundertmal die Frage gestellt habe, weshalb sie sich nicht mehr bei mir meldet, klingt ernst.

»Was ist los, Mann?«

»Das wirst du gleich selbst sehen. Aber wenn ich mich nicht irre, beantwortet das deine dringendste Frage.«

Mit hochgezogenen Augenbrauen greife ich nach der Fernbedienung und schalte das Gerät, das ich sonst nur selten benutze und mehr der Dekoration dient, ein. Erst verstehe ich nicht, was Blake meinen könnte. Da demonstriert schon wieder jemand gegen weiß der Himmel was. Irgendwas finden die doch immer. Doch als die Kamera umschwenkt, erscheint plötzlich Demis Gesicht auf dem Bildschirm.

»Die Bewohner und die Touristen lieben unsere kleine Einkaufsstraße gleichermaßen. Aber die Hartman Group, insbesondere der neue Geschäftsführer Adam Hartman, hat beschlossen, dem ein Ende zu bereiten. Sie wollen einen riesigen Hotelkomplex in unserer kleinen Stadt errichten, den hier weder jemand will noch braucht. Dabei setzen sie uns Ladenbetreiber einfach auf die Straße. Jedem Einzelnen von uns wurde der Mietvertrag gekündigt. Teilweise nicht nur unserer Geschäfte, sondern auch unserer Wohnungen. Damit nehmen sie uns nicht nur einen Ort, an den unsere Kunden gewöhnt sind und den sie genauso lieben wie wir selbst, sondern schlichtweg unsere Lebensgrundlage«, erklärt sie gerade einem Reporter und mir bleibt die Spucke weg. Das muss ein Missverständnis sein.

»Blake, ich ruf dich gleich zurück«, sage ich zu meinem Freund und drücke ihn sofort weg, um meinen Dad anzurufen.

»Hallo Adam, was gibts?«

»Dad, hast du schon die Nachrichten gesehen?«

Mein Vater seufzt laut auf. »Ja, leider. So was hätte nicht passieren dürfen. Dabei dachte ich, wir hätten nach Harolds Wüten gründlich aufgeräumt.«

»Also stimmt es? Wir bauen in Port Charlotte und haben die Leute einfach auf die Straße gesetzt?«, frage ich meinen Dad in dem Bewusstsein, dass diese Demo für uns zwar schlechte Publicity bedeutet, aber nichts an der Errichtung des Hotels ändert.

»Nein. Die Vermieter haben die Ladenbesitzer auf die Straße gesetzt, nicht wir. Aber wenn ich davon gewusst hätte, vor allem von der kurzen Frist, hätte ich etwas dagegen unternommen.«

Ich fahre mir hastig durch meine Haare. Das mache ich immer, wenn ich nervös bin und nicht mehr weiter weiß. Kein Wunder, dass Demi nichts mehr von mir wissen will. Wie konnte ich nur so blöd sein, zu glauben, sie würde es nicht mitbekommen, wenn in allen Nachrichten mein Einstieg in die Firma bekannt gegeben wird?

»Dad, wir müssen etwas tun. Können wir nicht zumindest versuchen, den Leuten einen Job anzubieten? Oder was ist mit meinem neuen Konzept? Sie könnten ihre Läden doch bei uns im Hotel weiterführen«, schlage ich das Einzige vor, das mir im Moment einfällt.

»Adam, das geht so nicht. Wir können doch nicht einfach irgendwem einen Job anbieten. Und deine Idee war es, besondere Shops zu eröffnen, die sonst kein Hotel hat. Dieses Kriterium werden bestimmt nicht alle Läden in Port Charlotte erfüllen.«

Er hat ja recht. Leider. Aber wir müssen doch irgendwas für die Menschen tun können. Ich bin nicht so naiv zu glauben, dass der Kauf von Immobilien und das Errichten eines Hotels nicht auch mit Verlusten für die früheren Besitzer einhergeht. Aber bisher haben wir zumindest fair gehandelt und ihnen genug Zeit gegeben, ihre Angelegenheiten zu regeln. Teilweise haben wir ihnen auch tatsächlich neue Jobs bei uns angeboten. Ob das im Fall von Port Charlotte möglich ist, weiß ich aber nicht. Dafür hätte ich überhaupt erst wissen müssen, dass dieses Hotel, von dem Demi mir schon erzählt hat, als ich vor Ort war, von uns errichtet wird.

»Wenn mir eine Lösung einfällt, die auch für unser Hotel gut ist, gibst du mir dann dein Okay, sie umzusetzen?«, frage ich meinen Dad, da ich höchst motiviert bin, den Schaden zu reparieren.

»Ja, wieso nicht? Du wirst das Unternehmen über kurz oder lang ohnehin alleine führen und deine eigenen Entscheidungen treffen. Außerdem hast du dich in den letzten Wochen gut geschlagen. Ich vertraue dir, mein Sohn.«

»Danke.«

Nachdem ich aufgelegt habe, mache ich mich gleich ans Werk. Ich besorge mir alle Unterlagen zu dem vorgesehenen Hotel und will mich über die Läden informieren, die von dem Kauf betroffen sind. Dabei drücke ich beide Daumen, dass möglichst viele Menschen darunter sind, denen wir eine andere, vielleicht sogar bessere Option bieten können.

27

DEMI

Die Demo war ein voller Erfolg. Zumindest, was die Teilnehmer und das Medieninteresse betrifft. Die Hartman Group war allerdings wenig beeindruckt. In einem kurzen Pressestatement haben sie verlautbaren lassen, es täte ihnen leid, wie in diesem Fall mit den Betroffenen umgegangen wurde, an der Errichtung des Hotels würde das allerdings nichts ändern. Sie betonten noch, dieses Vorgehen wäre ein Einzelfall und gehöre normalerweise nicht zu ihrer Firmenphilosophie. Wenn ich das schon höre. Der Typ, mit dem ich damals telefoniert habe, hat doch auch irgendetwas davon gefaselt, ein Kräutershop gehöre nicht zu ihrer Philosophie. Das ist wohl ihre Ausrede für alles.

Jedenfalls hat diese sogenannte Philosophie dazu geführt, dass ich meinen Laden jetzt schließen und aus meiner Wohnung ausziehen muss. Weshalb ich gerade auch in Umzugskartons untergehe. Heute kommt der Möbelwagen, der alles, was sich in meinem Laden befindet, erst einmal in ein Lager bringt. Ich habe noch keine Ahnung, wie es weitergehen soll, deshalb habe ich mich für diese Option entschieden. Meine Wohnung habe ich bereits möbliert gemietet, deshalb musste ich nur meine Sachen in Kartons packen. Ich schaue mich in den ausgeräumten Räumen um. Gerade einmal drei Umzugskisten habe ich voll bekommen. Das ist also alles, was von meinem Leben hier geblieben ist. Und natürlich Henry, den ich sorgsam in ein geschlossenes Gefäß verfrachtet habe, in dem ich ihn nach Key West mitnehmen kann.

Tief seufzend löse ich mich von dem traurigen Anblick und bringe einen Karton nach dem anderen hinunter in mein Auto. Als nur noch Henry übrig ist, nehme ich das kleine Gefäß in die Hand, lege den Schlüssel, den ich noch habe, auf die Anrichte im Flur und ziehe die Tür hinter mir zu. Das war es also. Aus der Traum. Jetzt darf ich als erwachsene Frau noch einmal ganz von vorne anfangen. Und zwar von meinem alten Kinderzimmer aus. Ich kann nicht verhindern, dass mir eine Träne über die Wange kullert. Aber ich habe alles getan, was in meiner Macht stand. Ohne Laurens Wissen habe ich mich sogar nach einem anderen Ort umgesehen, an den ich meinen Laden verlegen kann, aber es gab nichts. Zumindest nichts, was ich mir leisten könnte und das auch nur annähernd infrage gekommen wäre. Während wir die Demo vorbereitet und den Laden nach und nach ausgeräumt haben, habe ich mich überall nach einer anderen Immobilie umgesehen. Ich wäre noch nicht einmal davor zurückgeschreckt, etwas Geld zu investieren und zu kaufen. Aber die Preise dürften im letzten Jahr dermaßen in die Höhe geschossen sein, dass das absolut nicht möglich ist. Ich möchte gar nicht wissen, wie viel Mr. Winter für den Verkauf des Hauses bekommen hat. Es muss ein halbes Vermögen sein. Deshalb kann ich ihm auch gar nicht böse für seine Entscheidung sein. Er ist, wie er selbst gesagt hat, nicht mehr der Jüngste und hat es verdient, seine Rente im Luxus zu verbringen, ohne sich um kaputte Wasserhähne, verstopfte Ausflüsse und dergleichen Gedanken machen zu müssen. Früher oder später hätte er vermutlich jemanden beauftragen müssen, der ihm diese Arbeiten abnimmt. Von daher kam ihm der Verkauf bestimmt gelegen.

Wenn ich ehrlich bin, kann ich noch nicht einmal der Hartman Group einen Vorwurf machen. So ist das nun mal, Immobilien werden gekauft und verkauft. Wird irgendwo ein Hotelkomplex errichtet, kann wohl kaum immer Rücksicht auf die Menschen genommen werden, die in den Häusern wohnen oder dort arbeiten. Wobei ich mich die letzten Tage etwas schlaugemacht und erfahren habe, dass gerade Adams Firma für gewöhnlich dafür sorgt, dass alle Beteiligten gut aussteigen. Nun, bei uns war das jedenfalls nicht der Fall. Aber so wenig ich dem Unternehmen an sich Schuld geben möchte, so wütend bin ich doch auf Adam selbst. Er hätte mich sehr wohl warnen können, anstatt mir auch noch Hoffnungen darauf zu machen, mein Laden könnte auch mit dem Bau des Hotels weiterhin bestehen. Noch schöner, ich könnte im ganzen Land Shops eröffnen. Von wegen. Er wusste die ganze Zeit, dass das eine Schnapsidee ist. Immerhin gehört es nicht zur Firmenphilosophie. Wenn ich dieses Wort schon höre, wird mir mittlerweile übel.

Als ich bei meinem Auto ankomme, packe ich Henry auf den Beifahrersitz, schnalle ihn, oder besser gesagt das Gefäß, in dem er sich befindet, an, damit auch nichts passieren kann, und starte den Motor. Doch bevor ich losfahre, hole ich noch einmal tief Luft und nehme mir vor, es erst einmal nur als Urlaub zu sehen. Ferien in Key West. Ich könnte es auch schlechter treffen. Mit dieser Einstellung und dem damit verbundenen Verdrängen meiner tatsächlichen Situation geht es mir schon viel besser und ich trete aufs Gaspedal.

28

ADAM

Sobald ich konnte, habe ich Dad um einen freien Tag gebeten. Natürlich ist der Zeitpunkt nicht der beste. Es ist immer noch viel zu tun, vor allem, da wir jetzt auch noch auf die Vorfälle in Port Charlotte aufmerksam gemacht worden sind. Aber immerhin fliege ich auch deshalb dorthin, um mir die Lage vor Ort anzusehen und mit den Lokalbetreibern zu sprechen, die von dem Bau unseres Hotels betroffen sind. Dass ich außerdem mit Demi reden und sie davon überzeugen möchte, dass ich nichts von alldem wusste, behalte ich allerdings für mich.

Mein Herz zieht sich schmerzhaft zusammen, als ich auf der Strecke von Tampa nach Port Charlotte bei Sarasota vorbeikomme. Diesen Tag mit Demi werde ich niemals vergessen. Es dauert mir viel zu lange, bis ich endlich in Port Charlotte ankomme. Diesmal werde ich nicht, wie bei meiner ersten Ankunft, zuerst gemütlich bei Andrew in der Strandbar essen. Bei der Erinnerung an meinen ersten Tag hier, als Demi meine Harley angefahren hat, ärgere ich mich zum wiederholten Male darüber, nicht von Anfang an ehrlich zu ihr gewesen zu sein. Mittlerweile ist mir bewusst, dass diese Frau anders ist als all die anderen, die ich vor ihr kennengelernt habe. Sie hat mich nicht verurteilt, nur weil ich Geld habe. Vielleicht wäre sie skeptisch gewesen. Aber wem will ich etwas vormachen? Das war sie so oder so. Ich muss das unbedingt klären. Deshalb fahre ich auch direkt zu ihrem Laden, um mit ihr zu sprechen.

Doch als ich davor parke, ist die Tür verschlossen und ein Schild wurde im Fenster angebracht.

Wir schließen für immer. Vielen Dank, dass Sie bei uns gekauft haben.

Aufgeregt fahre ich mir durch die Haare. Bitte, lass mich nicht zu spät hier sein. Anstatt im Laden probiere ich es bei Demis Wohnung. Sie wird doch wohl kaum in dieser kurzen Zeit bereits ausgezogen sein. Ich läute ein paar Mal an, doch es tut sich nichts. Verzweifelt gehe ich ein paar Schritte zurück, in der Hoffnung einen Blick durch die Fenster werfen zu können. In keinem davon sind Rollos oder Vorhänge zu sehen. Die Bewohner sind also vermutlich alle schon weg.

»Mist«, entfährt es mir und ich stampfe wütend mit dem Fuß auf. Verzweifelt setze ich mich zurück in den Wagen und fahre nun doch in die Strandbar. Vielleicht kann Andrew mir weiterhelfen. Die beiden sind immerhin befreundet. Nach wie vor hoffe ich, dass Demi zumindest noch in der Stadt ist. Ansonsten habe ich keine Ahnung, wo ich sie finden könnte. Wir haben nur diesen einen Tag miteinander verbracht und da bin ich nicht auf die Idee gekommen, sie zu fragen, wo ihre Eltern oder anderen Verwandten leben. Selbst als sie mir davon erzählt hat, dass sie wird ausziehen müssen, habe ich nicht daran gedacht, sie zu fragen, wohin sie gehen wird, wenn es wirklich dazu kommt. Ich könnte mich selbst ohrfeigen für meine Dummheit.

Als ich bei Andrew ankomme, laufe ich schnurstracks in die Küche, wo der Koch natürlich auch zu finden ist. Er sieht mich an und ein Lächeln breitet sich in seinem Gesicht aus. Vermutlich denkt er, ich wäre zurück, um sein Motel fertig zu renovieren. Das werde ich zwar noch machen, denn ich halte immer mein Wort, aber im Moment habe ich andere Sorgen.

»Andrew, wo ist Demi?«, komme ich ohne Umschweife auf mein Anliegen zu sprechen.

Sein Lächeln verschwindet. Stattdessen schüttelt er den Kopf.

»Oh Mann. Ich glaube, das hast du verbockt, Adam.«

Ich wische seinen Kommentar beiseite. Das weiß ich selbst leider nur zu gut. Trotzdem will ich es wiedergutmachen.

»Wo ist sie?«, frage ich deshalb erneut.

»Sie ist zurück zu ihren Eltern nach Key West. Adam, du glaubst doch nicht ernsthaft, dass sie dir das jemals verzeihen wird, oder? Versteh mich nicht falsch. Ich halte dich für einen guten Kerl. Aber das war echt nicht okay von dir.«

Genervt von mir selbst fahre ich mir durch die Haare und kann kaum still stehen.

»Ich weiß. Aber das ist alles nicht so, wie es aussieht.«

Andrew stößt ein Lachen aus. »Das sagen sie alle.«

»Aber es stimmt. Ich wusste nichts davon, dass die Firma meines Vaters hier ein Hotel errichten will. Ich bin erst in die Firma eingestiegen, nachdem ich hier war.«

»Wenn das stimmt, solltest du das Demi sagen und nicht mir.«

»Das will ich doch, aber ich hab keine Ahnung, wo ich sie finden kann«, gebe ich zurück. Hat er denn nicht mitbekommen, was ich die ganze Zeit von ihm wissen will?

»Da kann ich dir leider auch nicht helfen. Ich habe ihre Adresse nicht.«

»Verdammt. Weißt du, wo diese Lauren ist? Ihre Mitarbeiterin?«, kommt mir eine Möglichkeit in den Sinn, wie ich Demi doch noch finden könnte.

»Leider nein. Sie ist auch weg.«

Na toll. Dann wird mir nichts anderes übrig bleiben, als meine Arbeit hier zu erledigen, allen voran Andrews Motel endlich fertigzustellen, und wieder zurück nach New York zu gehen. Ich kann wohl kaum nach Key West fahren und dort an jede einzelne Tür klopfen. Das wäre wie die Suche nach der Nadel im Heuhaufen. Ich muss eine andere Lösung finden.

29

DEMI

Meine Eltern haben mich mit offenen Armen aufgenommen. Zwar ist es ungewohnt, wieder in meinem alten Kinderzimmer zu wohnen, und es ist bestimmt kein Dauerzustand, aber ich muss zugeben, es ein kleines bisschen zu genießen, so umhegt zu werden.

»Möchtest du mit uns an den Strand?«

Seit ich hier bin, geben Mum und Dad ihr Bestes, um mich aufzuheitern. Doch ich kann mich einfach zu nichts aufraffen.

»Geht ihr nur. Ich bleibe hier und gehe noch mal die Stellenanzeigen durch«, antworte ich meiner Mutter wie auch schon die Tage zuvor.

Mittlerweile hat sie verstanden, dass ich noch etwas Zeit brauche, und seufzt nur lautstark auf, anstatt mich doch noch überreden zu wollen, mitzukommen. Ich schnappe mir den Laptop und gehe zum bestimmt hundertsten Mal die Jobangebote in ganz Florida durch. Also zumindest diejenigen, die online zu finden sind. Doch so wirklich spricht mich nichts an. Ist es vermessen, zu denken, nach der Führung eines erfolgreichen Kräutershops wäre ein Job als Kellnerin ein katastrophaler Abstieg? Momentan ist das Angebot nicht sonderlich groß, was bestimmt an der Urlaubssaison liegt. Trotzdem springe ich über meinen Schatten und schicke meinen Lebenslauf an ein paar Geschäfte und Boutiquen, die nach Verkäufern suchen. Darunter ist auch eine Stelle in einer Gärtnerei, die meiner eigentlichen Vorstellung von einem erfüllten Berufsleben zumindest ansatzweise nahekommt. Natürlich wäre ich auch dort immer noch angestellt und könnte nicht selbst bestimmen, aber zumindest hätte ich mit Pflanzen zu tun. Wenn auch nicht mit meinem Steckenpferd, den Kräutern. Und auch nicht mit Menschen, denen ich mit meinem Wissen helfen kann. Aber immerhin. Solange ich nicht die Kraft habe, von ganz von vorne anzufangen und einen neuen Laden an einem anderen Ort zu eröffnen, bleibt mir wohl nicht viel anderes übrig.

Nachdem ich gut fünf Bewerbungen abgeschickt habe, widme ich mich den Wohnungsangeboten. Doch wie schon angenommen, sind die Mieten hier in Key West ohne Job viel zu teuer für mich. Mein Laden lief zwar gut, aber ich hatte gerade einmal ein

Jahr lang geöffnet. In dieser Zeit konnte ich zwar bereits ein Plus auf dem Konto verzeichnen und gut von meinen monatlichen Einnahmen leben, aber sonderlich viel Ansparen konnte ich noch nicht. Das hatte ich für das zweite Jahr erwartet. Aber da hat Adam mir einen Strich durch die Rechnung gemacht. Im Grunde stehe ich jetzt nicht besser da als vor meinem Laden.

Genervt klappe ich den Laptop zu und stoße ein wütendes Grummeln aus, als es an der Tür klopft. Wüsste ich nicht, dass meine Eltern einen Schlüssel haben und daher nicht zu klopfen brauchen, würde ich annehmen, sie unternehmen doch noch einen Versuch, mich von der Couch zu bekommen. Als ich die Tür öffne, steht aber Lauren davor.

»Hi. Was willst du denn hier?«

»Darf ich meine beste Freundin nicht besuchen?«, antwortet sie und zwängt sich an mir vorbei ins Haus. Nachdem ich die Tür wieder geschlossen und mich ihr zugewandt habe, mustert sie mich von oben bis unten.

»Du solltest duschen. Und dir etwas anderes anziehen. Demi, wir sind jetzt seit einer Woche hier. Es wird Zeit, dass du wieder am Leben teilnimmst.«

Sie ist gut. An welchem Leben denn? Ich habe keinen Job, zu dem ich muss und nicht genug Geld, um jeden Tag einen draufzumachen. Das würde ich zwar auch nicht wollen, aber egal.

»Was soll ich deiner Meinung nach denn tun?«, frage ich sie deprimiert.

»Zum Beispiel mal nach draußen gehen und frische Luft schnappen. Das wäre ein Anfang.«

»Ach was, frische Luft wird überschätzt«, antworte ich lahm.

»Komm schon, Demi. So kenne ich dich gar nicht. Du bist doch sonst immer so optimistisch. Was ist passiert?«

»Adam ist passiert«, werfe ich ihr wütend entgegen. Schon klar, sie war nur bei mir angestellt, deshalb hat ihr der Laden auch nicht so viel bedeutet wie mir. Wenn sie sich einen neuen Job als Angestellte sucht, ist das nicht weiter schlimm. Aber ich musste meinen Traum aufgeben.

»Und du willst ihn einfach so gewinnen lassen?«

»Er hat doch schon längst gewonnen«, fauche ich sie an. »Immerhin ist der Laden weg und wir wohnen wieder bei unseren Eltern. Es ist vorbei, Lauren. Kapier das doch endlich.«

Okay, das ist nicht fair. Ich weiß, dass sie sich immer für mich eingesetzt hat. Es tut mir auch leid, wie ich über sie gedacht habe. Lauren hat den Laden mit mir aufgebaut und auch ihr Herzblut hing daran. Das weiß ich. Eigentlich.

»Aber du darfst ihm nicht die Macht über dein Leben geben. Du hast so viele Möglichkeiten. Wir könnten von vorne anfangen. Ich helfe dir dabei, einen neuen Laden ...«

Noch immer viel zu wütend unterbreche ich sie. Davon will ich einfach nichts hören. »Es wird keinen neuen Laden geben. Hast du dich schon mal umgesehen? Mit Mr. Winter als Vermieter hatten wir echt ein Glück. Die Mieten sind viel zu teuer. Wir müssten uns erst einen neuen Kundenstamm aufbauen. Das bringt doch alles nichts.« Ohne dass ich es kontrollieren kann, breche ich in Tränen aus.

Lauren macht einen Schritt auf mich zu und nimmt mich in den Arm.

»Schon gut, Demi. Ich weiß, das ist alles schwer für dich. Komm, wir gehen ein bisschen raus, damit du auf andere Gedanken kommst, okay?«

Kraftlos nicke ich und als ich mich einige Minuten später wieder gefasst habe, gehe ich unter die Dusche und ziehe mir frische Klamotten an. Ich muss zugeben, es war tatsächlich höchste Zeit dafür.

30

ADAM

»Jetzt amüsier dich doch mal, Kumpel. Jeder andere an deiner Stelle würde seine neue Position in der Firma feiern.«

Blake hat recht. Eigentlich sollte ich glücklich sein. Ich habe fast alles, wovon ein Mann nur träumen kann. Aber eben nur fast. Wir stehen in demselben Klub, in dem wir auch vor meiner Abreise nach Port Charlotte waren. Es hat sich nichts verändert, außer, dass ich nun einen verantwortungsvollen Job und somit auch endlich einen Sinn in meinem Leben habe. Würde man zumindest meinen. Aber irgendwie fühlt es sich nicht so an.

»Hey, willst du tanzen?« Die Blondine, die uns schon seit einiger Zeit beobachtet, hat sich ein Herz genommen und mich angesprochen. Doch ich winke ab und drehe ihr den Rücken zu.

»Was ist los mit dir? Ist es wegen dieser Demi?«, fragt Blake mich verwundert. Offenbar war ihm nicht klar, wie ernst mir die Sache mit ihr wirklich ist. Ich kann mir schon vorstellen, dass er es nur für eine kurze Liebelei gehalten hat. Eine geistige Verwirrung meinerseits, weil ich wegen der Firma so unter Druck geraten bin. Aber so ist es nicht. Diese Frau hat etwas in mir verändert und es ist einfach unerträglich, zu wissen, dass sie nichts mehr mit mir zu tun haben will. Ich weiß noch nicht einmal, wo sie ist, damit ich mit ihr sprechen und ihr alles erklären kann. Das macht mich fertig. Wobei sie mir vermutlich sowieso nicht zuhören würde. Ich muss zuerst in Ordnung bringen, was ich angerichtet habe. Oder besser gesagt, was Harold verbrochen hat. Morgen Vormittag findet ein Meeting in unserer Firma statt, in dem ich meinen Vorschlag, auf kleine Unternehmen zu setzen, vorbringen werde. Wenn alles glattgeht, muss ich danach nur noch Demi finden und hoffen, dass sie mir glaubt.

»Weißt du was, ich geh nach Hause. Morgen stehen Termine an und ich sollte ausgeschlafen sein.«

Blake verfällt in schallendes Gelächter, sodass er die Aufmerksamkeit der umstehenden Partyleute auf uns zieht.

»Jetzt krieg dich aber mal wieder ein«, schnauze ich ihn an, woraufhin er nur noch lauter lacht.

»Du bist kaum wiederzuerkennen, Adam Hartman. Vom Partyboy, der sich die Nächte um die Ohren schlägt und eine Frau nach der anderen ins Bett bekommt, zum anständigen Unternehmer. Und nur der Einen treu.« Den letzten Satz sagt er mit einem nicht zu überhörenden Sarkasmus in der Stimme.

»Und wenn schon, Blake. Du solltest mich am besten verstehen«, erwidere ich angesäuert, mache den letzten Schluck von meinem Drink, stelle das Glas an der Bar ab und verlasse ohne jegliche Verabschiedung den Klub.

Wie sich am nächsten Morgen herausstellt, war das eine wirklich gute Idee. Das Meeting wurde nämlich vorverlegt und ich hätte einen Kater gewiss nicht gebrauchen können. Zum Glück habe ich die Präsentation bereits fertig.

Natürlich weiß ich, dass mein Vater der Inhaber dieser Firma ist, die ich bald übernehmen werde. Man sollte meinen, ich bräuchte also nicht derart nervös zu sein. Aber hier werden Projekte nun mal nur dann umgesetzt, wenn der Großteil der wichtigsten Entscheidungsträger einverstanden ist. Das verhindert Schnapsideen und unnötige Ausgaben. Deshalb ist dieses Meeting so wichtig, obwohl mein Dad der Idee bereits zugestimmt hat.

Ganz gegen meine sonstige Art zapple ich

nervös herum, während ich darauf warte, an der Reihe zu sein. Zuerst müssen noch die letzten Probleme abgearbeitet werden, die Harold uns hinterlassen hat. Doch darauf kann ich mich gerade kaum konzentrieren. Es dauert eine gefühlte Ewigkeit, bis mein Dad schließlich auf den nächsten, für mich so wichtigen, Tagespunkt zu sprechen kommt.

»Adam hat uns in dieser schwierigen Zeit sehr unterstützt und sich seit seinem Eintritt in die Firma einen guten Überblick über unsere Tätigkeiten und Arbeiten machen können. Vor einiger Zeit hat er mir eine Idee unterbreitet, von der ich selbst sehr angetan bin. Deshalb würde es mich freuen, wenn alle Abteilungen damit einverstanden sind.«

Ich bin ihm wirklich dankbar für diese Einführungsworte. Er drückt damit ganz klar seine Zustimmung vor den Anwesenden aus, was sich bestimmt auch positiv auf deren Meinung auswirken wird. Mit einer Geste bedeutet er mir, aufzustehen und mit der Präsentation zu beginnen, bevor er sich selbst wieder an den Konferenztisch setzt.

»Wie mein Vater schon angedeutet hat, würde ich gerne eine Änderung in unser Hotelkonzept einbauen. Und zwar betrifft es die Shops, die in einigen Standorten bereits fester Bestandteil sind.«

Alle Blicke sind auf mich gerichtet und obwohl ich geübt darin bin, vor Publikum zu sprechen, wird mir doch heiß. Ich fahre mir am Kragen meines

Hemdes entlang, lasse mir meine Aufregung aber ansonsten nicht anmerken. Mit fester Stimme erkläre ich meinen Kollegen, wie überaus positiv sich hotelinterne Shops auf unseren Betrieb auswirken können, wie erfolgreich andere Ketten diese Idee schon umsetzen und wie angetan natürlich auch die Gäste davon sind, bereits ein paar Schritte von ihrem Zimmer entfernt shoppen zu können. Vor allem, wenn es sich um ein Wellnesshotel handelt, wie es auch in Port Charlotte entstehen soll.

»Was dieses Konzept einzigartig macht, ist die Art der Shops, die wir anbieten. Wir werden Experten auf ihrem Gebiet in unsere Hotels bringen, die neue und innovative Lösungen für ihre Kunden anbieten. Seien es noch unentdeckte Designer, Kräuterspezialisten, Kosmetiker, die sich mit außergewöhnlichen, natürlichen Inhaltsstoffen beschäftigen, oder auch Weinbauern und regionale Landwirte, die ihre Produkte bei uns verkaufen wollen. Gerade am Beispiel Port Charlotte zeigt sich, dass viele ansässige Ladenbetreiber, denen von ihren ehemaligen Vermietern nach dem Verkauf gekündigt wurde, für solche Geschäfte infrage kommen.«

Als ich mit meinen Ausführungen fertig bin, herrscht zunächst einmal Stille. Doch das will nichts heißen. In einem derart großen Unternehmen muss jede Änderung erst überdacht werden, bevor Jubelschreie zu hören sind. Ohne mir meine innerliche Unruhe anmerken zu lassen, schaue ich mich in der Runde um und kann sehen, wie sich die ersten Fragen abzeichnen. Das ist gut.

»Das Hotel in Port Charlotte ist bereits konzipiert. Wie denkst du, sollten wir derartige Einschnitte noch berücksichtigen können?«

Auf diesen Einwand bin ich vorbereitet, weshalb ich mir ein Schmunzeln nicht verkneifen kann.

»Ich habe mir erlaubt, die Pläne einzusehen und mich mit dem Architekten und dem verantwortlichen Bauleiter abzusprechen. Es spricht nichts dagegen in der Eingangshalle, die ohnehin üppig ausgefallen wäre, Shops unterzubringen. Außerdem würde ich im Wellnessbereich eine Art Showroom für all jene Läden einrichten, die mit diesem Thema verwandt sind. Dem Kräutershop zum Beispiel. Auch hierfür wäre ausreichend Platz vorhanden und es würden nur unbedeutende Mehrkosten entstehen, wenn man bedenkt, dass durch die neuen Geschäfte auch extra Einnahmen generiert werden würden.«

Mike, der diese durchaus wichtige Frage gestellt hat, sieht zwar nach wie vor ernst drein, nickt allerdings. Er scheint ebenfalls Gefallen an dem Konzept zu finden. Vermutlich vor allem wegen der neuen Einnahmequelle, wie ich ihn kenne.

»Mich würde interessieren, woher wir wissen, dass es sich tatsächlich um Experten handelt. Ist es nicht ziemlich zeitaufwendig, alle Ladenbesitzer vorher zu überprüfen?«

»Ganz und gar nicht. Im Falle von Port Charlotte habe ich das tatsächlich bereits erledigt und es hat mich nicht mehr als einen Flug und ein paar Stunden meiner Zeit gekostet«, schmettere ich auch diesen Einwand gekonnt ab.

»Nun, ich würde vorschlagen, da Adam sich bereits ausgiebig mit unserem neuen Hotel auseinandergesetzt zu haben scheint, dass wir eben dieses als Pilotprojekt nutzen. Sollte es wirklich einen solchen Anklang auch bei unseren Gästen finden, können wir es nach und nach in unsere restlichen Hotels integrieren. Alles andere wäre meines Erachtens nach für den Start ein zu großes Risiko, da mit größeren Umbauten verbunden«, meldet sich nun auch Vincent, unser ältester und erfahrenster Mitarbeiter zu Wort. Er ist seit Anbeginn dabei und hat Dad mit Rat und Tat dabei unterstützt, dieses Imperium so groß zu machen, wie es heute ist. Sein Vorschlag, zunächst in Port Charlotte anzufangen, würde mir sehr gelegen kommen. Ich wäre also einverstanden damit. In Wahrheit war mir klar, dass nicht sofort alle Hotels entsprechend umgebaut werden würden. Trotzdem ist es besser, gleich ein Gesamtbild zu erschaffen.

Neugierig sehe ich unsere Abteilungsleiter der Reihe nach an. Manche sind noch immer zurückhaltend, andere nicken zustimmend.

»Dann stimmen wir doch einfach ab.« Mein Dad erhebt sich und kommt an meine Seite. Aufmunternd schlägt er mir auf den Rücken. »Wer dafür ist, ein Pilotprojekt in Port Charlotte zu starten und die ansässigen Ladenbesitzer in unser Hotel einzuladen, hebt bitte einmal die Hand.«

Ich traue meinen Augen kaum, als tatsächlich die Hände aller Anwesenden nach oben schnellen. Erleichtert ziehen sich meine Mundwinkel von einem Ohr zum anderen.

»Gut, dann ist das Meeting hiermit beendet.«

Als nur noch mein Dad und ich in dem Konferenzraum sind, sieht er mich stolz an.

»Das hat du wirklich gut gemacht, Adam. Ich bin stolz auf dich und ich bin mir sicher, deine Idee wird sich durchsetzen. In einem Jahr werden alle wissen, dass die Hartman Group Jungunternehmer unterstützt und spezielle Shops in ihren Hotels unterbringt.«

»Danke, Dad.«

Nachdem er mir noch einmal die Schulter getätschelt hat, verlässt auch er den Raum und ich kann es kaum erwarten, Blake anzurufen, um meinen zweiten Plan für den heutigen Tag umzusetzen. Schon nach dem zweiten Klingeln geht er ran.

»Adam, was gibts?«

»Kannst du dich ins Melderegister hacken und mir Demis Adresse besorgen?«

Einen Moment lang herrscht Stille am anderen

Ende der Leitung. Zwar wäre das nicht das erste Mal, dass Blake eine Grauzone des Gesetzes betritt oder gar dagegen verstößt, aber meine Bitte kam wohl doch ein bisschen überraschend.

»Ich dachte mir schon, dass du sie nicht vergessen kannst. Vor allem, nachdem du gestern diese heiße Blondine hast abblitzen lassen. Dafür wollte ich dir noch danken. Sie war so enttäuscht, dass ich sie trösten musste.« Blake lacht sein schmutzigstes Lachen und auch ich komme nicht umhin, darauf einzusteigen. Er ist unverbesserlich. »Aber um auf deine Frage zurückzukommen. Ja, das kann ich. Gib mir ein paar Minuten. Ich ruf dich zurück.«

Noch bevor ich mich verabschieden kann, hat er aufgelegt. Wahrscheinlich freut er sich sogar über diese kleine Herausforderung.

31

DEMI

»Du musst dich ein bisschen beeilen. Zeit ist Geld«, schnauzt mich Beatrice, die Inhaberin des Pflanzenladens, bei der ich heute einen Probetag vereinbart habe, an.

»Aber ich habe der Kundin nur erklärt, unter welchen Bedingungen ihre neue Zimmerpflanze am besten gedeiht«, verteidige ich mich, obwohl ich schon ahne, dass sie das so richtig gar nicht interessiert.

»Das steht alles auf dem Etikett. Andere Kunden wollen auch Pflanzen kaufen.« Sie macht eine ausschweifende Handbewegung durch den großen Raum. Schon klar, es sind tatsächlich viele Menschen hier, die sich einen neuen Mitbewohner holen wollen. Trotzdem gehört der Service für mich einfach dazu. In meinem Laden habe ich mir immer ausreichend Zeit für meine Kunden genommen und sie so ausführlich wie nur möglich beraten. Aus diesem Grund waren sie schließlich zufrieden und sind immer wieder gekommen. Das heißt schon was in einer Stadt, die normalerweise von den Touristen lebt.

Doch bei Beatrice wird statt des Kundenservices nur der Profit großgeschrieben. Auch wenn es mir schwerfällt, füge ich mich also und verkaufe sonnenliebende Pflanzen an Kunden, die in Wohnungen mit schlechten Lichtbedingungen leben, und Schattengewächse an Gartenliebhaber.

Es ist schon recht spät und wir sind kurz vor dem Schließen, als ich eine Kundin bemerke, die ratlos vor einem Regal beladen mit Zimmerpflanzen steht.

»Kann ich Ihnen helfen?«, gehe ich auf sie zu.

»Oh ja, das wäre großartig. Wissen Sie, ich habe letzten Monat so viel Geld hier gelassen und fast alle Pflanzen sind mittlerweile kaputt. Ich möchte nicht noch einmal die falsche Entscheidung treffen«, klagt sie mir ihr Leid und ich kann sie gut verstehen. Meiner Meinung nach sind die Preise hier Wucher. Vor allem, wenn man bedenkt, woher die Produkte stammen. Beatrice ist mitnichten eine begnadete Gärtnerin, die ihre Pflänzchen von Hand aufzieht und deshalb auch entsprechendes Geld dafür verlangt. Ausnahmslos jedes Exemplar stammt von einem Großhändler, der sie mit wenig Liebe in einem riesigen Gewächshaus aufzieht und danach zum Verkauf frei gibt. Egal, ob sie von Schädlingen befallen sind oder nicht. Natürlich sehen sie noch gut aus, wenn sie hier landen. Doch ohne des richtigen Wissens und einem grünen Daumen werden die Kunden nicht lange eine Freude an den Pflanzen haben, die sie hier kaufen.

Verstohlen sehe ich mich um. Da Beatrice bereits mit der Abrechnung des heutigen Tages beschäftigt ist, traue ich mich, der Kundin einen Tipp zu geben. Doch zuvor frage ich sie nach den Bedingungen des Standortes, an dem die Pflanzen schließlich stehen sollen, und verrate ihr, welche Arten dort am besten wachsen.

»Hier stehen einige Exemplare davon«, sage ich zu ihr und zeige auf die Auswahl, die für sie infrage kommen würde. »Aber wenn Sie sich wirklich etwas Gutes tun wollen, kaufen Sie sie nicht bei uns.«

Entsetzt sieht mich die Kundin an und ich denke schon, sie wird mich gleich bei meiner möglichen neuen Chefin verpfeifen. Doch nach der ersten Schrecksekunde entwickelt sich ein schelmisches Lächeln in ihrem Gesicht.

»Und wo, meinen Sie, bekomme ich die besten Pflanzen?«, flüstert sie mir zu.

Ich überlege kurz, da ich die letzten Jahre nicht hier gelebt habe und mich seit meiner Ankunft nicht wirklich mit diesem Thema beschäftigt habe. Außer, mir einen Job zu suchen, versteht sich. Da fällt mir ein, dass meine Eltern vor Kurzem, als ich noch in Port Charlotte war und alles in geregelten Bahnen lief, von einem Laden geschwärmt haben, den ich schon geliebt habe, bevor ich zu Oma gezogen bin.

»Schauen Sie doch mal im MARC Plant Store vorbei. Der ist nicht weit von hier«, sage ich also und zwinkere ihr dabei verschwörerisch zu.

Die Kundin bedankt sich ausgiebig bei mir und verlässt den Laden, ohne etwas gekauft zu haben. Leider bleibt das von Beatrice nicht unbemerkt.

»Was haben Sie zu der Dame gesagt?«, fährt sie mich herrisch an.

Etwa eine Millisekunde lang denke ich über meine Antwort nach, doch dann schießt es einfach aus mir heraus. »Ich habe Sie woanders hingeschickt. Sie hat hier schon genug Geld verschleudert.« Ohne eine Antwort abzuwarten, drehe ich mich um, schnappe mir meine Handtasche, die ich im Büro gelassen habe, und verlasse das Gebäude mit einem guten Gefühl. So sehr ich auch einen neuen Job brauche, werde ich ganz bestimmt nicht unter einer solchen Frau arbeiten. Ich setze mich in mein Auto und fahre gut gelaunt zurück zu meinen Eltern. Auf dem Weg nehme ich mir vor, morgen selbst in der Gärtnerei vorbeizuschauen, die ich der

Kundin empfohlen habe, und dort nach einer Stelle zu fragen.

Erst als ich mich unserer Auffahrt nähere, verlässt mich meine positive Stimmung und weicht Nervosität. Am Straßenrand steht eine Harley, die der von Adam zum Verwechseln ähnlich sieht. Hinzu kommt, dass ich sie hier noch nie gesehen habe. Ich blicke zu unserer Haustür und traue meinen Augen nicht. Instinktiv bremse ich ab. So wie ich ihn kennengelernt habe, in Jeans und T-Shirt, steht dort der Mann, den ich zuletzt im Fernsehen gesehen habe. Nur trug er für die Pressekonferenz einen anthrazitfarbenen Anzug und wirkte viel mehr wie der reiche Schnösel, der er tatsächlich ist. Wut kommt in mir auf, als ich wieder daran denke, was er mir angetan hat.

Ich trete das Gaspedal durch und fahre mit einer Geschwindigkeit in unsere Einfahrt, die halsbrecherisch ist. Doch mit einem Satz kommt das Auto zum Stehen, als ich auf die Bremse steige und den Motor abwürge, um so schnell wie möglich hier wegzukommen. Ohne Adam auch nur eines Blickes zu würdigen, gehe ich an ihm vorbei und versuche, mit zittrigen Fingern die Tür aufzuschließen.

»Demi, können wir bitte miteinander reden? Ich will dir alles erklären«, höre ich Adams Stimme hinter mir, während ich zum dritten Mal erfolglos versuche, den Schlüssel ins Loch zu bekommen. Da das so keinen Sinn macht, drehe ich mich wutentbrannt zu ihm um.

»Es gibt nichts zu erklären. Und nein, wir können nicht miteinander reden. Ich will nicht noch mehr Lügen von dir hören.« Mit diesen Worten wende ich mich wieder der verdammten Tür zu und schaffe es endlich, sie aufzusperren. Obwohl Adam weiterhin versucht, mich zu überreden, ihm zuzuhören, ignoriere ich ihn und verschwinde im Haus. Er scheint kapiert zu haben, denn nur wenige Momente später höre ich das Dröhnen seiner Harley.

»Süße, wir wollen uns nicht einmischen, aber meinst du nicht, du solltest ihm zumindest die Chance geben, sich zu erklären?«, schlägt sich jetzt auch noch meine Mum auf seine Seite.

»Was sollte das bringen? Er hat mir verschwiegen, dass sein Unternehmen für meinen Verlust des Ladens verantwortlich ist, und auch noch die Frechheit besessen, mir Ratschläge für Verhandlungen zu geben, die von der ersten Minute an abgeschmettert wurden«, antworte ich ihr lautstark, was ich im nächsten Moment auch schon wieder bereue. Sie kann schließlich nichts dafür.

»Tut mir leid, Mum. Ich bin nur so unglaublich wütend auf ihn.«

»Schon gut. Ich versteh dich. Aber jede Geschichte hat zwei Seiten, weißt du?«

Stöhnend lasse ich mich auf die Couch fallen.

Natürlich hat sie recht. Ich kann gar nicht zählen, wie oft ich mir in den letzten Wochen den Kopf darüber zerbrochen habe, welchen Grund es geben könnte, der Adam dazu gezwungen hat, mich anzulügen. Doch mir ist beim besten Willen keiner eingefallen. Nur weshalb er hier auftaucht, wenn er mich nur ausnutzen wollte, ist mir nicht ganz klar.

32

ADAM

Ich kann Demi ihre Reaktion nicht verdenken. An ihrer Stelle hätte ich vermutlich ähnlich reagiert. Doch mir muss irgendetwas einfallen, wie ich sie dazu bringe, mir zuzuhören. Wenn ich ihr die Situation erst einmal erkläre, versteht sie mich bestimmt. Da bin ich mir sicher. Neben der Wut blitzte da nämlich noch etwas anderes in ihren Augen auf.

Doch im Moment ist es wohl besser, wenn sie sich erst beruhigt, bevor ich erneut vor dem Haus ihrer Eltern auftauche. Deshalb fahre ich an den Strand mit dem Vorhaben, ein Restaurant zu finden. Wieso auf Kurzstreckenflügen kein Essen mehr serviert wird, ist mir schleierhaft. Da hilft es auch nichts, first class zu fliegen oder die Flugbegleiterin bestechen zu wollen. Aber gut. Sonderlich schmackhaft sind die Mahlzeiten in Flugzeugen ohnehin nicht. Ich suche mir eine nette Bar mit langem Steg ins Meer aus, in der Tacos serviert werden. Nicht sonderlich einfallsreich für meinen ersten Besuch in Key West, aber ich bin schließlich nicht wegen der kulinarischen Genüsse hier. Als ich einen leeren Tisch gefunden und mich gesetzt habe, steht auch schon die Kellnerin neben mir, um meine Bestellung aufzunehmen. Erst bin ich noch damit beschäftigt, einen raschen Blick in die Karte zu werfen, doch als ich sie zuklappe und meine Wahl bekannt geben möchte, staune ich nicht schlecht.

»Lauren?«

Auch sie dürfte mich nicht gleich erkannt haben, denn die letzten Reste ihres Lächelns, das sich langsam, aber sicher zu einer wütenden Grimasse verzieht, sind noch zu erkennen.

»Adam, welch Überraschung«, sagt sie schließlich mit einem Hohn in der Stimme, der nicht zu überhören ist. »Was darf ich dir bringen, um es mit ein bisschen Spucke zu garnieren?«

Oje, sie ist also auch wütend auf mich. Eigentlich hätte ich es mir denken können, immerhin hat sie ebenfalls ihren Job verloren und ist noch dazu Demis beste Freundin. Aber zumindest kann sie mir hier nicht einfach davonlaufen. Deshalb nutze ich die Chance, mich wenigstens bei ihr zu entschuldigen und ihr die Sache zu erklären.

»Hör mal, Lauren. Ich weiß, ihr seid sauer auf

mich. Ja, ich habe einen Fehler gemacht. Aber ich wusste nichts von dem Hotel. Ehrlich.« Sie sieht mich zwar gelangweilt an, hört mir aber aufmerksam zu, weshalb ich mich beeile, weiterzusprechen. »Ich war in Port Charlotte, um mir darüber klar zu werden, ob ich überhaupt in die Firma meines Dads einsteigen möchte. Als ich plötzlich abreisen musste, war das nicht, weil ich Demi aus dem Weg gehen wollte, sondern weil die Firma Schwierigkeiten hatte. Ich hatte keine andere Wahl. Und die Renovierungen von Andrews Motel haben mir klargemacht, dass ich die Firma irgendwann übernehmen will. Ich ...« Lauren unterbricht mich mit einer abwehrenden Handbewegung und ich befürchte, sie wird mich gleich vor allen Leuten aufs Böseste beschimpfen. Aber nichts dergleichen passiert.

»Hast du das Demi schon gesagt?«, fragt sie mich stattdessen ruhig.

»Nein. Ich war bei ihr, aber sie will nicht mit mir reden.«

»Okay, weißt du was? Ich komme mit ihr heute Abend hierher, um zu essen. Sagen wir gegen neunzehn Uhr? Passt das für dich?«

»Ja. Ja, klar«, sage ich dankbar und lächle sie an, doch sie verengt ihre Augen und wirft mir einen scharfen Blick entgegen.

»Und wehe, du hast mir da gerade eine Lügengeschichte aufgetischt.«

»Nein, das ist alles wahr. Mein Ehrenwort«, versichere ich ihr und ihre Miene entspannt sich wieder.

»Gut. Also, was darf ich dir bringen?«

»Spuckst du mir immer noch ins Essen?«, frage ich sie gespielt entsetzt, obwohl ich mir nicht so sicher bin, ob sie es nicht doch ernst gemeint hat.

»Nein. Aber vielleicht ins Trinken, mal sehen.« Jetzt grinst sie mich doch schelmisch an und ich bin schon ein bisschen beruhigter. Wenn Demi genauso leicht zu überzeugen ist, kann eigentlich nichts mehr schiefgehen.

33

DEMI

»Lauren, ich habe keine Lust auszugehen«, mache ich meiner Freundin klar, als sie gegen achtzehn Uhr plötzlich bei mir auf der Matte steht und mich überreden will, mit ihr in die Strandbar zu gehen, in der sie seit Neuestem arbeitet.

»Wir gehen auch nicht aus, sondern etwas essen. Du wirst doch noch essen, oder?«

»Ja, schon«, gebe ich zu und verdrehe die Augen. Langsam nervt es, dass sich alle Sorgen um mich machen. Ich dusche, zwar erst seit Kurzem wieder, aber immerhin, ich nehme regelmäßige Mahlzeiten zu mir und ich verbringe meine Tage nicht mehr nur auf der Couch. Was wollen sie also von mir?

»Eben. Dann kannst du genauso gut das Haus dafür verlassen. Komm schon, Demi. Wir haben seit Ewigkeiten nichts mehr zusammen unternommen.«

»Also gut«, lasse ich mich dann doch breitschlagen. Ich kenne Lauren. Sie gibt ohnehin nicht auf, ehe sie hat, was sie will. Wenn ich mich weiterhin wehre, komme ich noch später ins Bett, als wenn ich jetzt einfach mitgehe. Deshalb ist meine Entscheidung eher pragmatischer Natur, doch meine Freundin scheint sich nicht daran zu stören.

»Sehr gut. Aber zieh dir bitte was anderes an. Ich muss dort morgen wieder hin«, sagt sie und deutet auf meine verschlissenen Jeans und das fleckige Shirt, die ich beide heute bei meinem Probetag anhatte.

»Das ist Erde«, habe ich das Verlangen, mich für mein Aussehen verteidigen zu müssen. Sie muss schließlich nicht denken, ich würde jeden Tag so herumlaufen. Obwohl das eine Zeit lang durchaus der Fall war.

»Was auch immer. Dann dusche am besten aber auch noch«, rät sie mir, worauf ich alleine niemals gekommen wäre. Zumindest scheint sie das zu denken. Kopfschüttelnd gehe ich ins Bad.

Als ich zwanzig Minuten später in den Spiegel blicke, bin ich ganz zufrieden mit mir. Ich habe beschlossen, mich ein wenig rauszuputzen, wenn ich das Haus schon verlassen und unter Menschen gehen muss. Immerhin werde auch ich noch länger hier in Key West sein und möchte kein falsches Bild bei den Leuten erwecken. Es hat natürlich nichts damit zu tun, dass Adam in der Stadt ist. Wer weiß, wahrscheinlich ist er längst zurück nach New York geflogen und kauft anderer Leute Läden auf.

Als ich wieder ins Wohnzimmer komme, pfeift Lauren anerkennend.

»Nicht schlecht. Ich wusste gar nicht, dass sich das noch unter der schlechten Laune und den ausgeleierten Klamotten verbirgt«, sagt sie und deutet mit ihrer Hand von oben nach unten auf meinen Körper.

Den Seitenhieb ignorierend, gehe ich an ihr vorbei, schnappe mir meine Tasche und wir verlassen gemeinsam das Haus.

In der Strandbar ist einiges los. Kein Wunder, wir befinden uns nach wir vor in der Haupturlaubszeit und gerade in Key West herrscht da gerne mal Trubel. Ich kann es den Touristen nicht verdenken. Zwar gewöhnt man sich als Einheimische schnell an die direkte Lage am Meer und die tollen Sandstrände, die Schnorchel- und Tauchmöglichkeiten und was es hier eben alles an Attraktionen gibt, aber trotzdem ist mir bewusst, wie schön diese Gegend ist.

Lauren führt mich zielstrebig zu einem Tisch ganz am Ende des Stegs, sodass wir eine wunderbare Aussicht aufs Meer haben und nicht von allen Seiten Stimmengewirr zu uns dringt. Obwohl fast alle Tische besetzt sind, ist die Bedienung schnell bei uns, um unsere Bestellung aufzunehmen. Ich wähle, wenig originell, Tacos. Die hatte ich schon seit einer Ewigkeit nicht mehr und für die Meeresfrüchte und den Fisch bleibt mir in den nächsten Jahren, die ich mein Leben hier fristen werde, noch genug Zeit. Aber ich möchte meine Stimmung nicht mit solch dunklen Gedanken trüben.

Wir haben gerade unsere Getränke bekommen, da ertönt ein schrilles, pfeifendes Geräusch durch die Lautsprecher.

»Ist heute Karaokenacht?«, will ich von Lauren wissen, da es sich so angehört hat, als wäre gerade ein Mikrofon aufgedreht worden.

»Nicht soweit ich weiß«, sagt sie und hat dabei so ein merkwürdiges Schmunzeln im Gesicht. Sie sieht in Richtung Eingang und als ich ihrem Blick folge, verschlucke ich mich an dem Wasser, von dem ich gerade genippt habe. Adam. Mit einem Mikro.

Überrumpelt schaue ich zwischen Adam und Lauren hin und her. Das ist doch ein abgekartetes Spiel.

»Was soll das?«, fahre ich sie wütend an und mache Anstalten aufzustehen, doch da ist Adam schon bei uns und beginnt, ins Mikrofon zu sprechen, wodurch alle Blicke auf uns gerichtet sind.

»Demi, es tut mir ehrlich leid, was passiert ist, und ich möchte mich bei dir entschuldigen. Entschuldige bitte, dass ich dir nicht von Anfang an die Wahrheit gesagt habe. Das möchte ich jetzt gerne nachholen.« Adam schenkt mir sein umwerfendes Lächeln, in das ich mich vor nicht allzu langer Zeit verliebt habe, und ich entscheide, mir jetzt einfach anzuhören, was er zu sagen hat. Soll er sich doch vor all den Leuten lächerlich machen.

»Ich bin Adam Hartman. Meinem Dad gehört die wohl größte Hotelkette der Welt. Er hat schon immer geplant, dass sein Sohn irgendwann einmal in die Firma einsteigen wird. Doch ich habe mich bis vor Kurzem erfolgreich dagegen gewehrt. Ich bin nicht stolz darauf, wie ich gelebt habe, bevor ich dich kennengelernt habe.« Er sieht mich entschuldigend an und zuckt mit den Schultern.

»Aber glaube mir bitte, wenn ich dir sage, dass ich dich nicht mit Absicht hinters Licht geführt habe. Ich wollte einfach meiner selbst wegen geliebt werden und nicht wegen des Geldes meines Vaters. Außerdem habe ich nicht geplant, mich in dich zu verlieben. Von dem Hotel in Port Charlotte habe ich erst lange nach meiner Rückkehr nach New York erfahren. Und ja, ich war wirklich dort, um mir über mein Leben klar zu werden. Bis zu der Pressekonferenz, die du wahrscheinlich gesehen hast, war mir selbst nicht klar, dass ich in die Firma einsteigen werde. Wobei, das stimmt nicht ganz. Ich habe die Entscheidung wohl schon getroffen, als ich angefangen habe, Andrews Motel zu renovieren. Ich wollte dich nie verletzen, Demi. Nichts lag mir ferner als das. Kannst du mir verzeihen?« Mit diesen Worten kniet er sich vor mich hin und sieht mir tief in die Augen, was die Schmetterlinge in meinem Bauch sofort wieder zum Leben erweckt.

Nun, ich muss zugeben, mein Widerstand lässt nach. Und hat er gerade wirklich gesagt, er hätte sich in mich verliebt? Zögerlich schenke ich ihm ein Lächeln und nicke, woraufhin sich in Adams Gesicht ein Strahlen ausbreitet, wie ich es bisher noch nie bei ihm gesehen habe.

»Dann, Demi Watts«, sagt er und holt eine kleine Schachtel aus seiner Hosentasche. »Möchte ich dich hiermit bitten, meine Frau zu werden und den Rest deines Lebens mit mir zu verbringen. Willst du mich heiraten?« Adam öffnet die Schachtel und ein funkelnder Diamantring kommt zum Vorschein.

Ohne sie zurückhalten zu können, schießen mir Tränen in die Augen.

»Ja. Ja, ich will deine Frau werden«, bringe ich vor Freude heulend hervor und falle Adam, meinem zukünftigen Ehemann, in die Arme. Lauren und die Gäste um uns herum, die das ganze Spektakel verfolgt haben, applaudieren und erst in diesem Moment wird mir bewusst, dass wir nicht alleine sind. Lachend küsse ich Adam und biete ihm den Stuhl neben mir an, damit der arme Mann nicht länger auf dem Boden knien muss.

34

DEMI

»Und was sagst du?«

»Es ist umwerfend geworden, Adam. Ein wahrer Traum«, antworte ich strahlend und kann mich kaum von dem Anblick lösen.

Natürlich hatten Adam und ich nach dem Antrag noch einiges zu besprechen. Zum Beispiel musste er mir erst einmal erzählen, dass ich meinen Laden wiederbekomme. Und zwar integriert in das neue Wellnesshotel in Port Charlotte, wo wir uns gerade befinden. Auch Sam und all die anderen Ladenbetreiber haben entweder ein eigenes Geschäft oder aber einen Job bekommen. Der Bäcker ist ab sofort für das Frühstück und die Desserts zuständig und darf seine Kreationen außerdem als Mitbringsel an Gäste verkaufen.

Die Hartman Group hat mit dem Hotel in Port Charlotte ein Pilotprojekt gestartet, das in den

Medien derart gefeiert wurde, dass die Umbauten in den anderen Hotels nun doch schon früher als geplant beginnen sollen. Mein kleiner Kräuterladen wird in jedem der Wellnesshotels zur Ausstattung gehören, weshalb es in nächster Zeit ganz schön viel Arbeit für mich geben wird. Immerhin muss ich Personal finden und schulen und weitere Lieferanten finden, die mir die gewohnte Qualität bieten können. Selbst werde ich nur hin und wieder in den Läden vorbeischauen und aushelfen. Meine Hauptarbeit gilt ab jetzt dem zentralen Shopmanagement.

Ein bisschen werde ich den Kundenkontakt schon vermissen. Aber schließlich gibt es auch in New York ein Wellnesshotel, in dem ich jederzeit aushelfen kann. Adam und ich haben nämlich beschlossen, unseren Hauptwohnsitz in seine Heimatstadt zu verlegen. Da wir beide nun für die Hartman Group arbeiten, werden wir ohnehin öfter nach Florida fliegen müssen, um nach dem Rechten zu sehen. Zumindest wollen wir uns die Zeit so einteilen, dass wir hin und wieder bei Lauren vorbeischauen, die den Shop in Port Charlotte übernehmen wird, und auch meine Eltern besuchen können.

Heute findet die Eröffnung des Hotels statt, für die unsere beiden Familien extra angereist sind, um sich ebenfalls kennenzulernen. Mir ist es wichtig, zuerst alle miteinander bekannt zu machen, bevor wir heiraten. Denn ich finde es immer ein bisschen merkwürdig, wenn sich auf einer Hochzeit, bei der zwei Familien zu einer werden, die jeweiligen Angehörigen nicht kennen. Auch unsere Freunde, darunter eben Lauren und Blake, Adams bester Freund, sind gekommen.

Was noch niemand weiß, ist, dass die erste Veranstaltung, die in dem neuen Hotel stattfinden wird, unsere Verlobungsfeier ist, die für ganze drei Tage geplant ist. Heute Abend ist großes Kennenlernen. Dafür haben wir die Köche angewiesen, ein Büfett zu errichten. Das ist etwas zwangloser, als wenn es gleich ein fünfgängiges Menü geben würde. So steht doch jeder mal auf und kommt mit anderen Menschen ins Gespräch.

Erst für den dritten Tag haben wir ein Galadinner geplant, bei dem wir Lauren und Blake fragen werden, ob sie unsere Trauzeugen werden wollen. Immerhin haben die beiden einiges dazu beigetragen, dass wir doch noch zusammengekommen sind.

Ich schaue mich noch einmal in dem Laden um, der genauso geworden ist, wie ich es mir immer vorgestellt habe. Adam hat es sogar hinbekommen, dass er nicht unpersönlich wirkt, obwohl er sich in der Eingangshalle eines großen Hotels befindet und dementsprechend große Auslagen hat.

»Bist du so weit?«

Nickend reiche ich meinem Verlobten die Hand und gemeinsam machen wir uns auf den Weg in den großen Festsaal, in dem die Feierlichkeiten stattfinden sollen.

»Auch das ist wunderschön geworden, Adam. Danke.«

»Aber das ist doch nicht mein Verdienst. Die Innenarchitekten haben eben gute Arbeit geleistet«, winkt er ab, doch ich weiß genau, mit wie viel Herzblut er gerade bei dem Bau und der Einrichtung dieses Hotels war. Er wollte mir eine Freude machen und mir beweisen, wie ernst es ihm mit uns ist, das weiß ich nur zu gut. Und weil mich so eine tiefe Dankbarkeit für diesen Mann überkommt, stelle ich mich auf die Zehenspitzen, nehme ihn in die Arme und küsse ihn leidenschaftlich.

Als ich mich wieder von ihm löse, sehe ich Adam seine Gedanken an. Er schaut sich in dem Raum um und schüttelt den Kopf.

»Nicht hier vor dem Personal. Lass uns rauf in unsere Suite gehen.« Noch während er den letzten Satz ausspricht, packt er mich am Arm und zieht mich mit sich zu den Fahrstühlen. Kichernd wie kleine Kinder fahren wir in den letzten Stock, laufen zu unserer Suite und schließen rasch die Tür hinter uns.

LESEPROBE VON »BLAKE: VERLIEBT IN SAN FRANCISCO«

Alicia

»Alicia. Hey, kommst du nachher noch mit zu meinem Dad?« Meine Sitznachbarin und beste Freundin stupst mich mit ihrem Ellbogen an und ich stöhne innerlich auf. Rosie hat es tatsächlich bis zum Doktorstudium an der Stanford University geschafft, ohne auch nur in einer Vorlesung jemals wirklich aufgepasst zu haben. Ich frage mich schon seit Jahren, wie sie das macht. Nicht, dass ich unbegabt wäre. Im Gegenteil. Sofern nichts Unerwartetes passiert, was jetzt gegen Ende des Semesters eher unwahrscheinlich ist, werde ich mein Studium mit Auszeichnung abschließen. Und obwohl mich unsere Fächer alle brennend interessieren und ich dementsprechend motiviert bin, wurde mir das Wissen nicht mit in die Wiege gelegt. Ohne darauf zu achten, was der Professor da vorne von sich gibt, hätte ich niemals so gute Noten geschrieben. Nur leider sitzt Rosie in jeder Vorlesung neben mir, was nicht erst einmal dazu geführt hat, dass ich mir Unterlagen von anderen Studenten ausborgen musste, um mir den Stoff im Nachhinein noch mal durchzulesen.

»Ja«, erwidere ich kurz angebunden und im Flüsterton, obwohl ich mir denken kann, dass die Unterhaltung damit noch lange nicht beendet ist.

»Super. Die Firma meines Dads hat Probleme und vielleicht können wir ihm da irgendwie helfen.«

Natürlich lässt mich diese Information nicht kalt, schließlich ist Rosie meine beste Freundin seit Kindertagen. Dementsprechend gut kenne ich auch ihren Vater. Aber es ist weder die richtige Zeit noch der richtige Ort, um näher darauf einzugehen, deshalb nicke ich nur kurz und wende mich anschließend wieder dem Professor zu. Der erzählt gerade irgendwas von einem Experten, der die nächsten Tage hier auf dem Campus Vorlesungen halten und für Fragerunden zur Verfügung stehen wird. Den Namen habe ich dank Rosie leider nicht mitbekommen. Trotzdem notiere ich mir die Zeiten, wann die Veranstaltungen stattfinden werden. Sicher ist sicher. Außerdem wird es vermutlich ein wichtiger Mensch sein, so wie der Professor gerade über ihn schwärmt.

Nach weiteren zehn Minuten ist die Vorlesung auch schon beendet. Rosie dürfte den Wink mit dem Zaunpfahl mitbekommen haben und hat doch tatsächlich für den Rest der Zeit geschwiegen. Ich verstaue meine Unterlagen im Rucksack und stehe auf, als ich bemerke, dass meine beste Freundin noch immer nachdenklich auf ihrem Stuhl sitzt. Verwundert und in Alarmbereitschaft setze ich mich wieder hin.

»Was ist denn los, Rosie?«

»Ach nichts«, antwortet sie lahm und beginnt, ihre Sachen ebenfalls einzupacken.

»Jetzt sag schon. Ich sehe doch, dass dich irgendwas bedrückt«, versuche ich, sie zum Reden zu bekommen. Für gewöhnlich ist sie nicht so zurückhaltend.

»Es ist wegen meines Dads. Er muss die Firma vielleicht schließen«, erzählt sie mir schließlich doch und ich sehe Tränen in ihren Augen aufsteigen. »Weißt du, was das bedeutet? Seine ganzen Mitarbeiter wären auf einen Schlag arbeitslos und er selbst würde natürlich sehr viel Geld verlieren«, erklärt sie mir weiter.

»Aber wieso denn? Dein Dad war doch immer gut im Geschäft.«

»Zu viele Jungunternehmer. Die Kunden finden sie innovativer und fortschrittlicher.« Rosie zuckt mit den Schultern und ich sehe ihr an, wie verzweifelt sie ist.

»Na komm. Gehen wir erst mal zu deinem Dad und reden mit ihm. Vielleicht fällt uns etwas ein, womit wir ihm helfen können.«

»Meinst du?« Ich sehe die Hoffnung in ihren Augen aufglimmen, dabei habe ich noch gar keine Ahnung, was wir tun könnten.

»Vielleicht«, sage ich deshalb mit hochgezogenen Schultern.

Also machen wir uns gemeinsam auf den Weg, wofür wir zu Fuß keine halbe Stunde brauchen. Gerade als wir die Tür öffnen, werden wir auch schon herzlich von Michael Johnson, Rosies Dad, begrüßt.

»Hi ihr zwei. Was macht ihr denn hier?«, fragt er uns, nachdem er eine nach der anderen umarmt hat.

»Wir wollen mit dir über die Firma sprechen, Dad.«

Mir scheint, Michael ist dieses Thema recht unangenehm. Er wiegelt nämlich Rosies Bedenken einfach ab. »Ach was. Das soll nicht deine Sorge sein. Das ist meine Firma und ich bekomme das schon hin.«

»Aber Dad. Wieso solltest du dir nicht von uns helfen lassen? Wir haben unser Studium im Prinzip abgeschlossen. Der Doktortitel ist nur noch eine Zugabe und sogar den haben wir praktisch schon in der Tasche. Alicia und ich sind mindestens genauso gut wie deine Konkurrenz.«

Michael und ich wissen beide, dass er keine Chance hat, sich diesem Gespräch zu entziehen. Wenn Rosie sich etwas in den Kopf gesetzt hat, dann lässt sie sich auch nicht davon abbringen.

»Also gut«, sagt er schließlich seufzend. »Wir bekommen immer weniger Aufträge, weil jüngere Fachkräfte nachkommen. Was kein Wunder ist. Immerhin befinden wir uns im Silicon Valley. Wenn es irgendwo einen Überschuss an IT- und Hightech-Spezialisten gibt, dann hier.«

»Du hast doch bestimmt schon darüber nachgedacht, wie du das Problem lösen willst, oder?«, frage ich Michael, da ich mir sogar sicher bin, dass er das getan hat und bereits dabei ist, seine Ideen umzusetzen. Die einfachste Lösung, seine Firma Rosie zu überschreiben, kommt dabei leider nicht infrage. Sie hat schon früh klargemacht, dass sie ihr eigenes Unternehmen aufbauen möchte und sich außerdem auf ein ganz anderes Fachgebiet spezialisiert, das ihr am Herzen liegt.

»Nun ...«, druckst er herum und schaut Rosie fast schon entschuldigend an. »Ich habe daran gedacht zu verkaufen, bevor es zu spät ist.«

»Was? Das kannst du doch nicht tun! Was passiert dann mit den Angestellten?«, begehrt seine Tochter aufgebracht auf.

»Ich würde natürlich nur unter der Voraussetzung verkaufen, dass für alle gesorgt ist. Und, wenn ich ehrlich sein soll, wäre es mir gar nicht unrecht, endlich in Rente zu gehen.«

Daher weht also der Wind. Wahrscheinlich hat Michael schon länger mit dem Gedanken gespielt, sich zur Ruhe zu setzen. Alt genug wäre er allemal. Da kommt ihm die prekäre finanzielle Lage gar nicht so ungelegen. Außer natürlich, dass er für ein gut gehendes Unternehmen mehr Geld herausschlagen könnte. Aber so hat er zumindest eine gute Ausrede.

»Morgen findet die IT-Konferenz statt, bei der wir arbeiten. Wir könnten ein bisschen unsere Fühler ausstrecken, wenn du magst. Immerhin sollen recht große Tiere der Industrie dabei sein«, schlage ich ihm vor und sofort erhellt sich Michaels Miene deutlich.

»Das würdet ihr machen?«, fragt er trotzdem noch ungläubig.

»Natürlich. Das ist doch selbstverständlich«, kommt es von Rosie und mir gleichzeitig und wir müssen alle drei lachen.

Blake

»Ich wusste gar nicht, dass du auch hier bist, Mann. Was treibt dich denn nach Palo Alto?«, frage ich meinen besten Freund Adam, in dessen Hotel ich für die nächsten Tage untergekommen bin und der mir in der Lobby praktisch in die Arme gelaufen ist.

»Du hast Glück. Das hier ist das nächste Hotel, das von unserem neuen Shopprogramm profitieren soll. Deshalb bin ich hier«, erklärt er mir und ich sehe das Strahlen in seinen Augen. Dieser Typ hat sich in den letzten Monaten um hundertachtzig Grad gewandelt, was ich für eine durchaus positive Entwicklung halte. Bis auf die Tatsache, dass ich in den Klubs, in denen wir früher gemeinsam Frauen aufgerissen haben, jetzt leider auf ihn verzichten muss. Bevor er seine jetzige Ehefrau Demi kennengelernt hat, war er ein kleiner Nichtsnutz, der vom Geld seines Vaters lebte und eine Frau nach der anderen abgeschleppt hat. Mittlerweile hat er dessen Geschäfte übernommen und leitet die größte Hotelkette der Welt. Auf das neue Konzept, in die diversen Hotels kleine Shops zu integrieren, die von Experten auf ihrem Fach und Jungdesignern geführt werden, kam er bei seiner Flucht aus unserer Heimatstadt New York. In Florida hat er Demi kennengelernt, die einen Kräuterladen führte. Leider stellte sich heraus, dass ausgerechnet die Hartman Group, also die Firma seines Vaters, dafür verantwortlich war, dass sie und viele andere in Port Charlotte ihr Geschäft verloren haben. Damals wurde ein hochrangiger Mitarbeiter wegen Betrugs rausgeschmissen. Adam und sein Vater mussten die Missstände erst nach und nach klären.

So kam es, dass er Demi einen Antrag gemacht hat und sie die Erste war, der ein Shop in dem neuen Hotel angeboten wurde. Mittlerweile ist dieses Konzept auch an einigen anderen Standorten verwirklicht worden und Demi führt nun ihr eigenes kleines Imperium. Wenn auch gemeinsam mit Adam.

»Ist Demi auch dabei?«, frage ich ihn.

»Ja, klar. Wie wär's, willst du am Abend mit uns essen?«

»Wenn ich rechtzeitig zurück bin, gerne. Du weißt schon, dass eine IT-Konferenz in der Stadt stattfindet, oder? Ich meine, es ist ja nicht so, dass du ein Hotel betreibst und Teilnehmer sowie Besucher hier ein Zimmer gebucht haben«, nehme ich ihn auf den Arm und er sieht tatsächlich ein wenig doof aus der Wäsche.

»Jetzt, wo du es sagst. Ich habe mich schon gewundert, weshalb wir außerhalb der Saison ausgebucht sind und hier so viele Menschen herumlaufen«, grinst er mich verschmitzt an. Manchmal ist er wirklich verpeilt. Und noch vor ein paar Monaten hätte ich ihm tatsächlich zugetraut, keine Ahnung zu haben, was in seinem Hotel vor sich geht. Aber jetzt wollte er den Spieß einfach nur umdrehen und mich zum Narren halten.

»Schon klar«, sage ich, um meine Verabschiedung von ihm einzuleiten. »Ich muss jetzt los. In einer Stunde soll ich einen Vortrag halten und du weißt, wie sehr ich das liebe«, erkläre ich ihm mit leidender Miene.

Doch Adam lacht und schlägt mir auf die Schulter. »Du packst das schon, Mann.« Im nächsten Moment verändert sich seine Miene und ich kann mir vorstellen, wer gerade hinter mir aufgetaucht ist.

»Demi, sieh mal, wer hier ist. Unser Nerd hält doch tatsächlich einen Vortrag auf der IT-Konferenz, die heute stattfindet.«

»Tatsächlich?« Auch die Frau meines besten Freundes weiß mittlerweile darüber Bescheid, wie ungerne ich auf solchen Veranstaltungen bin. Ich halte es einfach für eine reine Zeitverschwendung. Lieber verstecke ich mich hinter meinem Computer und verdiene einen Haufen Kohle mit dem, was ich da tue, als vor oder mit anderen darüber zu reden. Geschäftsmeetings natürlich ausgeschlossen. Aber ich bin einfach nicht der Netzwerker. Vor allem, weil ich mich bei Unterhaltungen mit Menschen, die, nun ja, nicht ganz auf dem Wissensniveau sind, auf dem ich mich befinde, langweile. Das gilt natürlich nur für Fachgespräche, ansonsten hätte ich auch meinem besten Freund und seiner Frau nichts zu sagen. Immerhin hat Adam in etwa so viel Ahnung von meinem Job wie ein Kleinkind vom Steuerzahlen.

Mein Umfeld und auch der Großteil der Menschen, die auf dieser Konferenz sein werden, können nichts dafür, dass sie nur die Hälfte von dem verstehen, was ich sage. Ohne angeberisch klingen zu wollen, bin ich so etwas, was man gemeinhin als Wunderkind bezeichnet. Nur, dass ich eben kein Kind mehr bin. Meinen Doktortitel hatte ich mit zwanzig in der Tasche. Mein erstes eigenes Unternehmen habe ich schon Jahre davor gegründet und mit dem Verkauf meine ersten Millionen gemacht. Auch meine jetzige Firma generiert Umsätze im Millionenbereich. Trotzdem, würde ich meinen, bin ich ein recht umgänglicher Zeitgenosse. Nur einen gleichwertigen Gesprächspartner, was meine Branche betrifft, finde ich eher schwer.

»Ja. Sie können einfach nicht ohne mich«, beantworte ich Demis Frage und fahre mir gespielt eingebildet durch die Haare.

»Ich verstehe bis heute nicht, wie ein intelligenter Kerl wie du auch noch derart attraktiv sein kann.«

»Was? Du hältst den da für attraktiv? Frau, sieh an, was dir gehört. Das kannst du doch nicht vergleichen.« Adam deutet auf seinen durchtrainierten Körper, der sich gerade unter einem Anzug versteckt, und sieht Demi entsetzt an. Ein Außenstehender könnte eine sich anbahnende Beziehungskrise sehen, aber ich weiß es besser. Mein bester Freund liebt seine Frau, keine Frage. Aber er ist sich durchaus bewusst, dass auch sie ihn vergöttert. Auf beiden Seiten gibt es keinerlei Grund zur Eifersucht. Und auch ich nehme ihm seine Reaktion nicht übel. Immerhin weiß ich, wie ich bei Frauen ankomme, und habe es, zugegeben, bereits das ein oder andere Mal ausgenutzt.

»Es ist immer wieder schön zu sehen, wie ihr euch in die Haare bekommt, aber ich muss jetzt wirklich gehen. Ich melde mich wegen heute Abend«, verabschiede ich mich von den beiden und gehe zur Rezeption, um mir meinen Zimmerschlüssel abzuholen. Ich bin gerade erst angekommen und möchte mich zumindest noch umziehen, bevor ich mich den Menschenmassen stellen muss.

Hier bekommst du den zweiten Teil der American Millionair's Love Stories: https://zoeywest.com/amls2

KOSTENLOSES E-BOOK

Als kleines Dankeschön, weil du mein Buch gelesen hast, möchte ich dir gerne ein gratis eBook mit einer Kurzgeschichte aus der Reihe der »American Millionair's Love Stories« schenken.

Trage dich dafür einfach unter https://zoeywest.com/start für meinen Newsletter ein.

Aaron: Hochzeit in New Orleans

Was machst du, wenn der Mann, den du damals nicht haben konntest, eine Hochzeit mit dir planen muss?

Jules kann nicht fassen, was ihre beste Freundin von ihr verlangt. Als Brautjungfer soll sie sich wenige Tage vor der Hochzeit um die Vorbereitungen kümmern. Noch nichts ist geplant, dabei werden mehrere hundert Gäste erwartet. Damit aber nicht genug. Als Unterstützung wird ihr ausgerechnet Aaron MacLay zur Seite gestellt. Der Mann, mit dem sie eine gemeinsame Vergangenheit verbindet und den sie eigentlich nie wieder sehen wollte. Kein Wunder also, dass sie absolut genervt ist, sich ausgerechnet als seine Verlobte ausgeben zu müssen.

Aaron hält nicht viel von Hochzeiten. Dass ausgerechnet sein bester Freund nun den Bund fürs Leben eingehen will, geht ihm so richtig gegen den Strich. Aber als er dazu aufgefordert wird, mit der süßen Jules die Hochzeitsvorbereitungen zu übernehmen, nimmt er die Herausforderung gerne an. Er macht sich zwar nichts aus Blumen und Torten, aber gegen ein heißes Stelldichein mit der ersten Brautjungfer hat er nichts einzuwenden. Er kann schließlich nicht ahnen, dass diese paar Tage seine Welt auf den Kopf stellen werden.

Als sie so tun müssen, als wären sie selbst ein Paar, knistert es zwischen Jules und Aaron gewaltig. Können sie ihre Differenzen hinter sich lassen und selbst glücklich werden?

Ich freue mich darauf, mit dir in Kontakt zu bleiben!

Zoey West

BÜCHER VON ZOEY WEST

Adam: Heiße Küsse in Sarasota

Was machst du, wenn der Mann, in den du dich unsterblich verliebst, deine Existenz ruiniert?

Adam steht in New Yorks angesagtesten Clubs auf der VIP-Liste. Die meisten davon gehören seinem Dad. Bei Frauen hat er unumstößliche Regeln. Sie bekommen eine Nacht. Nicht mehr und nicht weniger. Von der Verantwortung, die Firma seines Dads zu übernehmen, will er nichts wissen. Er flüchtet nach Florida, wo er als ganz normaler Tourist herausfinden will, was ihm wirklich wichtig ist. Womit er nicht gerechnet hat, ist die kratzbürstige Demi, die sich partout auf kein Date mit ihm einlassen will.

Demi ist verantwortungsvoll, zielstrebig und ehrgeizig. Vor allem, wenn es um ihren Lebenstraum geht: Ein angesagter Kräuterladen in Port Charlotte, Florida. Ihr Ex hat sie genau deswegen verlassen. Aber so einen Mann braucht sie ohnehin nicht in ihrem Leben. Überhaupt braucht sie gar keinen Mann. Sie hat schließlich Henry, ihren Goldfisch, und natürlich ihre beste Freundin Lauren, die gleichzeitig ihre Mitarbeiterin ist. Damit ist sie vollkommen zufrieden. Bis dieser reiche Schnösel in ihrer Stadt auftaucht und ihre Gefühle so richtig durcheinander bringt.

Als Demi Adams Motorrad, seine "heilige" Harley,

anfährt und er seine wahre Identität verschweigt, fangen die Probleme erst richtig an.

Hier klicken oder Link aufrufen:

https://zoeywest.com/amls1

Blake: Verliebt in Sarasota

Was machst du, wenn der Mann, dem du dein Herz geschenkt hast, dich hintergeht?

Alicia studiert an der Stanford Universität. Ihr Spezialgebiet: Künstliche Intelligenz. Als sie einen Job auf der heißbegehrten IT-Konferenz ergattert, will sie eigentlich Kontakte knüpfen. Immerhin sind die Größten der Branche anwesend. Doch ihr passiert ein fataler Fehler, als sie ausgerechnet dem Mann den Zutritt verwehrt, der als wichtigste Person der ganzen Konferenz gilt. Aber sie konnte schließlich nicht damit rechnen, dass ein so heißer Typ ein IT-Nerd sein soll. Hoffentlich wird das kein Nachspiel haben.

Blake hatte bereits vor seinem zwanzigsten Geburtstag den ersten Doktortitel in der Tasche. Jetzt führt er in New York sein millionenschweres IT-Unternehmen. Als Ausgleich zu seiner Arbeit, schleppt er reihenweise Frauen ab. Aber den Fehler, sich in eine Beziehung drängen zu lassen, wird er kein zweites Mal machen. Auch nicht für diese süße Studentin, die ihm nicht mehr aus dem Kopf geht, seit er wegen ihr fast seinen Vortrag auf dieser IT-Konferenz in Kalifornien verpasst hätte.

Als Alicia und Blake sich näher kommen, ahnt sie nicht, welche Fäden im Hintergrund gezogen werden.

Hier klicken oder Link aufrufen:

https://zoeywest.com/amls2

Clark: Herzklopfen in New York

Was machst du, wenn der Mann, dem du einfach nicht widerstehen kannst, dein neuer Boss ist?

Kayleigh fängt einen neuen Job bei einer Plattenfirma in New York an. Bereits am ersten Tag legt sie sich, nichtsahnend, um wen es sich handelt, mit ihrem neuen Boss an. Als er bei einem Meeting plötzlich vor ihr steht, kann sie nur hoffen, dass ihr Verhalten kein Nachspiel haben wird. Die Bitte, ihn auf ein Galadinner zu begleiten, kann sie unter diesen Umständen kaum ausschlagen. Doch in seiner Gegenwart fühlt sie sich wie ein unartiges Schulmädchen. Oh, und wie gerne sie unartig wäre.

Clark ist der Boss einer großen Plattenfirma und lebt für seinen Job. Freizeit kennt er nicht. Deshalb bleibt ihm auch nichts anderes übrig, als ausgerechnet seine neue Mitarbeiterin zu dem Galadinner beim New Yorker Bürgermeister mitzunehmen, das seinem Cousin so wichtig ist. Es bleibt ihm nur zu hoffen, dass sie sich dort besser zu benehmen weiß als bei ihrem ersten Zusammentreffen. Damit, dass sie ihm gehörig den Kopf verdreht und damit seine Welt auf den Kopf stellt, hat er nicht gerechnet.

Als sich Job und Gefühle zu vermischen beginnen, müssen Kayleigh und Clark entscheiden, was ihnen wirklich wichtig ist.

Hier klicken oder Link aufrufen:

https://zoeywest.com/amls3

Dylan: Verheiratet in Las Vegas

Was machst du, wenn der Mann, den du zum Schein geheiratet hast, dein Baby nicht will?

Cassandra ist eine hoffnungslose Romantikerin. Sie will heiraten und eine Familie gründen. Doch als sie nach fünf Jahren Beziehung plötzlich verlassen wird, versteht sie die Welt nicht mehr. Ihr bester Freund Tim lädt sie zur Ablenkung nach Las Vegas ein. Am nächsten Morgen wacht sie in einem fremden Bett, ohne jegliche Erinnerung an die vergangene Nacht, dafür aber mit Ehering am Finger auf. Was ihr heißer Ehemann von ihr verlangt, verschlägt ihr die Sprache. Doch sie kann sein unmoralisches Angebot nicht ablehnen.

Dylan ist bekennender Junggeselle. Immerhin ist sein Familienstand für die meisten Aufträge seiner Firma verantwortlich. Nur dieser eine Kunde, den er unbedingt haben will, hält nicht viel von diesem Lotterleben. Deshalb trifft er eine folgenschwere Entscheidung. Als er mit seinem besten Freund nach Las Vegas fliegt, stürzt er sich Hals über Kopf in eine Scheinehe mit der zuckersüßen Cassandra. Der Auftrag ist ihm sicher. Aber seine Gefühle sind es nicht mehr. Wollte er sich doch niemals fest binden.

Als die körperliche Anziehung zwischen den beiden Früchte trägt, beginnt Dylans Kampf gegen seine inneren Dämonen.

Hier klicken oder Link aufrufen:

https://zoeywest.com/amls4

Evan: Liebeschaos auf Hawaii

Was machst du, wenn der Mann, den du reinlegen sollst, deine große Liebe ist?

Seraphina ist Fotografin, die noch immer auf den großen Durchbruch wartet. Sie hält sich mit kleinen Jobs über Wasser, will aber endlich als Künstlerin Fuß fassen. Als sich ihr die Gelegenheit bietet, bei einer Realityshow mitzumachen, nutzt sie die Chance für ihre Karriere. Blöd nur, dass sie dafür ausgerechnet den Mann daten muss, der ihr schon einmal die Sicherheitsleute auf den Hals gehetzt hat. Und das alles nur, weil diese Wahrsagerin behauptet, sie wäre Evan Chambers große Liebe.

Evan ist nicht nur einflussreich und mächtig, sondern auch verdammt reich. Die Fotografin, die ihn mit zwei

Damen des horizontalen Gewerbes abgelichtet hat, kann von Glück reden, dass er sie nicht verklagt hat. Er jedenfalls muss seitdem vorsichtig sein und hält sein Liebesleben komplett unter Verschluss. Sonst droht ihm der Zerfall seiner Firma. Sonderlich erfreut ist er also nicht darüber, ausgerechnet mit Seraphina Reed in dieser Realityshow auftreten zu müssen. Sie soll seine große Liebe sein? Nie und nimmer.

Gerade als die beiden beginnen, sich halbwegs zu vertrauen, taucht eine erschütternde Nachricht auf, die alles auf den Kopf stellt.

Hier klicken oder Link aufrufen:

https://zoeywest.com/amls5

Fynn: Wiedersehen in Alaska

Was machst du, wenn der Mann, den du nie wieder sehen wolltest, plötzlich zurückkehrt?

Willow hilft den Bewohnern ihres Heimatstädtchens aus, wo sie nur kann. Zwar kommt dabei ihre Sehnsucht nach der eigenen Selbständigkeit zu kurz, aber dafür hat sie ohnehin viel zu große Angst. Außerdem weiß niemand von der Fernausbildung, die sie schon vor Jahren gemacht hat. Im Grunde ist sie auch ganz zufrieden mit ihrem einfachen Leben und den verschiedenen Jobs. Zumindest bis sie ihre Vergangenheit einholt und aufgrund eines Schneegestöbers nicht wie geplant nach einem Tag wieder verschwindet.

Fynn hat sich nach seinem Studium ein Imperium in Los Angeles aufgebaut. Weit weg von seinem Heimatort in Alaska und der Frau, die einst seine beste Freundin war. Denn diese eine Nacht vor vielen Jahren hat alles verändert. Er konnte nicht bleiben und ist ohne ein Wort des Abschieds gegangen. Jetzt muss er für einen Auftrag zurück nach Seward und nimmt sich vor, keinen Tag länger als nötig zu bleiben. Und sich vor allem von den Bewohnern fern zu halten. Doch bereits bei seiner Ankunft trifft er auf sie.

Als die beiden gerade dabei sind, mit ihrer Vergangenheit aufzuräumen, wird Fynn von seiner Gegenwart eingeholt, die er längst abschütteln wollte.

Hier klicken oder Link aufrufen:

https://zoeywest.com/amls6

Grant: Luftschlösser in Denver

Was machst du, wenn der Mann, dessen Ehefrau du spielst, sich als der Richtige entpuppt?

Amy ist Alleinerziehend und ihr Ex Marc ist keine große Hilfe. Wenigstens gibt es ihre beste Freundin, die hin und wieder auf ihre Tochter aufpasst. Immerhin hat sie bereits drei Aushilfsjobs, um Faith ein besseres Leben zu bieten. In dieser Situation ist es doch nur normal, dieses unwiderstehliche Angebot anzunehmen und die Ehefrau eines Milliardärs zu spielen. Blöd nur, dass er davon nicht so begeistert sein wird, sobald er sein Gedächtnis wieder hat. Ob er wenigstens daraus lernt und sich nicht mehr aufführt wie der letzte Arsch?

Grant ist reich geboren und verpulvert sein Geld für Partys und Frauen. Er hat keine Ahnung, wie es sich anfühlt, auf einen Job angewiesen zu sein. Das zeigt er bei dem Vorstellungsgespräch mit seiner zukünftigen Assistentin, die sein Vater ihm als Babysitterin unterjubeln will, ganz deutlich. Als die Frau sich auch noch erdreistet, ihm das Handy aus der Hand zu reißen und ihre Nummer einzuspeichern, kocht er vor Wut. Bis er von einem Bus angefahren wird und sein Gedächtnis verliert. Danach ist nichts mehr, wie es mal war.

Als die Erinnerungen zurückkommen, muss Grant sich entscheiden, welches Leben er in Zukunft führen will und, ob Amy darin eine Rolle spielt.

Hier klicken oder Link aufrufen:

https://zoeywest.com/amls7

Heath: Süße Versuchung in Philadelphia

Was machst du, wen der Mann, mit dem du eine heiße Nacht verbracht hast, sich als dein neuer Boss entpuppt?

Ivy ist stinksauer als sie bei einer Beförderung schon wieder übergangen wird. Da kommt ihr dieser heiße Typ auf dieser Party gerade recht, um sich mit ihm ein wenig zu trösten. Als er ihr allerdings bei einem Meeting als der neue CEO der Firma vorgestellt wird und auch noch so tut, als würde er Ivy nicht kennen, bereut sie die aufregendste Nacht ihres Lebens, die sei einfach nicht aus dem Kopf bekommt. Ein Spiel mit dem Feuer beginnt, unter dem nicht nur ihr Herz sondern auch ihr Job in Gefahr ist.

Heath kann es nicht fassen, als er sich bei einem Meeting ausgerechnet der Frau gegenüber sieht, mit der er erst eine heiße Nacht verbracht hat. Dabei sind Mitarbeiterinnen absolut tabu für ihn. Seine Aufenthalte im Büro werden zum Spießrutenlauf. Er hat nämlich keine Ahnung, wie lange er sich noch beherrschen kann. Denn alles in ihm verlangt danach, sie wieder zu berühren. Als sich ein Kollege an sie ran macht, übermannt ihn die Eifersucht und er holt zum wenig professionellen Gegenschlag aus.

Als sich die Lage zwischen den beiden zuspitzt, müssen sie sich entscheiden. Ist der jeweils andere es wert, über den eigenen Schatten zu springen?

Hier klicken oder Link aufrufen:

https://zoeywest.com/amls8

Isaac: Liebesabenteuer in Manhattan

(Vorbestellung)

Tammie hat sich eine Karriere in einem der renommiertesten Kaufhäuser Manhattans aufgebaut. Zu ihren Kunden gehören CEOs, Börsenmakler und

Anwälte. Doch in ihrem Privatleben hat sie sich bisher immer die falschen Männer ausgesucht. Barkeeper und Musiker, die sie entweder enttäuscht oder betrogen haben. Machmal auch beides. Doch als ein Kunde ihr das Angebot macht, ein Monat lang seine Fake-Freundin zu spielen, wendet sich das Blatt. Sie stimmt unter der Bedingung zu, dass er sie anschließend mit einem seiner reichen Freunde verkuppeln soll.

Isaac ist ein mächtiger CEO mit einem ansehnlichen Aktienportfolio und hat weit mehr erreicht als die meisten anderen in seinem Alter. Trotzdem zieht seine Familie ihn immer wieder damit auf, noch keine Frau an seiner Seite zu haben. Er hat es satt, sich den Fragen seiner Mum rund um seinen Beziehungsstatus zu stellen. Deshalb beschließt er, zu lügen und eine Freundin zu erfinden. Leider ist der erste Name, der ihm dabei in den Sinn kommt, der seiner Herrenausstatterin. Um nicht zum Gespött seiner Familie zu werden, bittet er sie darum, ihm zu helfen und für einen Monat seine Freundin zu spielen.

Als das Monat fast vorbei ist, müssen die beiden entscheiden, ob aus ihrer Scheinbeziehung wahre Liebe geworden ist.

Hier klicken oder Link aufrufen:

https://zoeywest.com/amls9

Kontaktadresse: Zoey West, c/o Autorenservice Gorischek, Am Rinnergrund 14/5, 8101 Gratkorn, Österreich

Für die Druckversion: ISBN: 9798539128708 / Imprint: Independently published

Korrektorat: Schreib- und Korrekturservice Heinen

Coverdesign: Reinhard Fenzl | ReinhardFenzl.com

Fotos von de.depositphotos.com

Stadt: sepavone | Mann: kiuikson | Gold: york_76 | Sparkle: tomert

www.zoeywest.com - hallo@zoeywest.com

Printed in Poland
by Amazon Fulfillment
Poland Sp. z o.o., Wrocław

23341982R00129